Découvrez l'histoire par les archives de presse

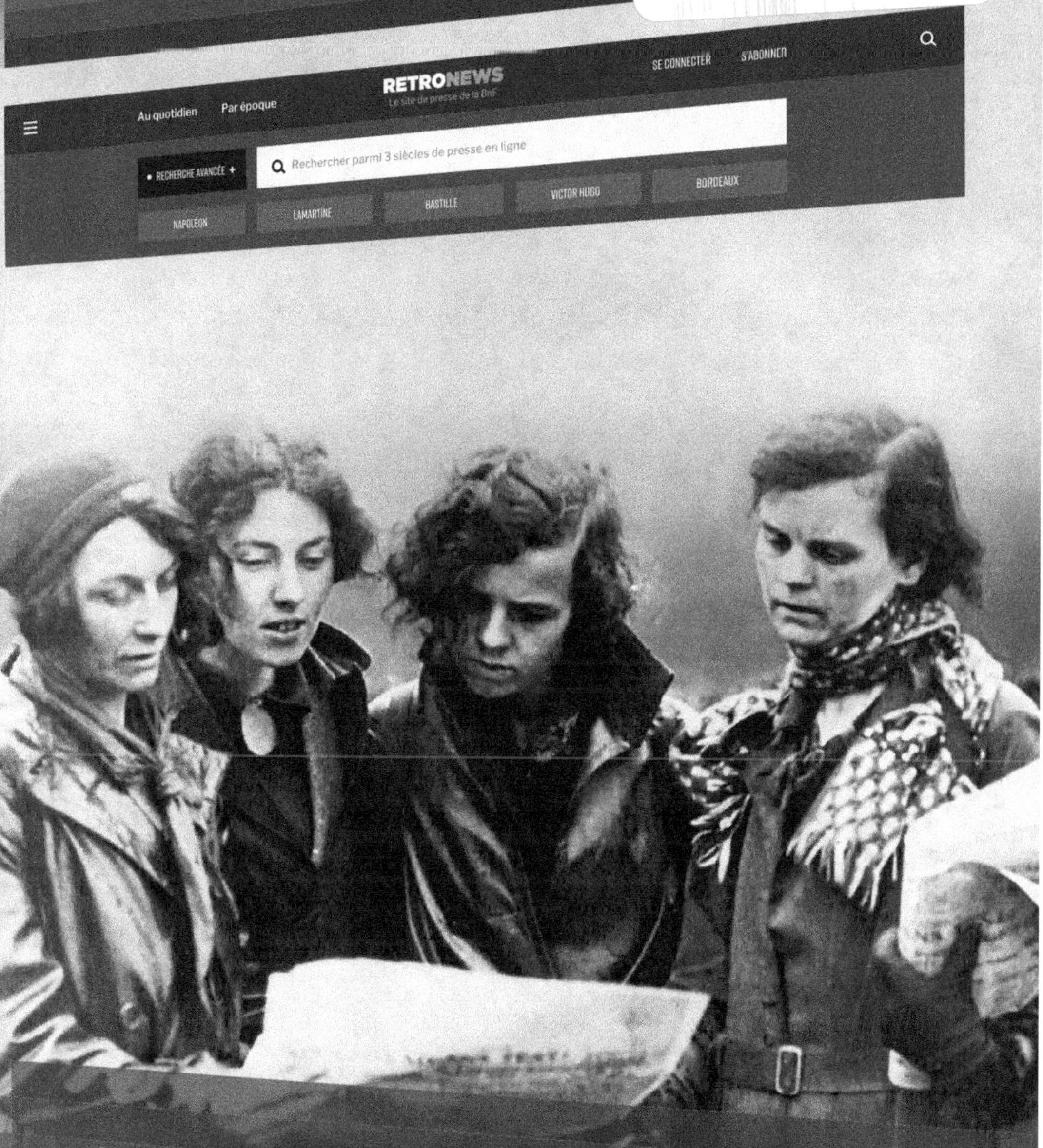

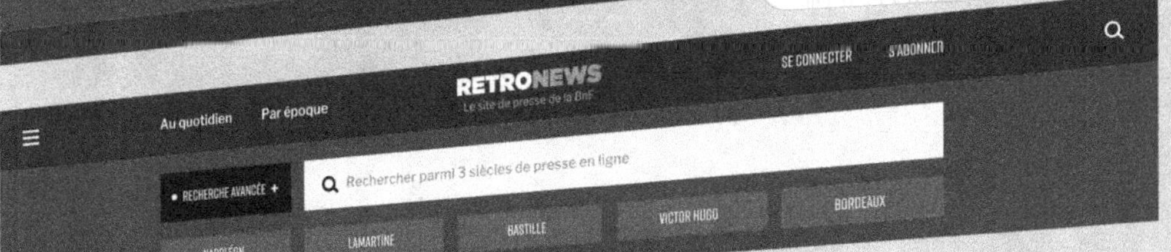

RETRONEWS

Le site de presse de la BnF

www.retronews.fr

BULLETIN

DE LA

SOCIÉTÉ DES LETTRES

SCIENCES & ARTS

DE LA FLÈCHE

3ᵐᵉ ANNÉE — Nº 2 — 15 Octobre 1881

SOMMAIRE :

1º L'Electricité, par M. A Bouant, professeur au Prytanée.

2º Deux Mois en Afrique, par M. Scherbeck, lieutenant au Prytanée.

3º Intégration, sous forme finie, des Formules de Fresnel, relatives a l'Intensite et a l'Anomalie, dans sa Théorie de la Diffraction de la Lumiere par M Escary, professeur au Prytanée.

LA FLÈCHE

IMPRIMERIE ET LITHOGRAPHIE BESNIER-JOURDAIN

1881

SOCIÉTÉ DES LETTRES, SCIENCES & ARTS
DE LA FLÈCHE

BUREAU

Président,	*Vice-Président,*
M. FONTAINE.	M. COUEFFIN.
Trésorier,	*Secrétaires,*
M. MARTINET.	MM. PEINE, — BOUANT.

Assesseurs,

MM. BROSSIER, — SEMPÉ.

MEMBRES CORRESPONDANTS :

MM. Gebelin, professeur d'histoire au Lycée de Bordeaux.
Adam, proviseur au Lycée de Châteauroux.
Grivaux, professeur au Lycée de Lyon.
Gœlzer, professeur au Lycée Fontanes.
Moreau, professeur au Lycée de la Roche-sur-Yon.
Guillon, professeur d'histoire au Lycée de Lyon.
Klizowski, professeur au Collège Rollin.
Loyson, professeur en retraite.
Legaigneur, lieutenant au 110e de ligne.
Lester, professeur au Lycée de Nantes.
Bordereau, principal du Collège de Fontainebleau.

MEMBRES ADHERENTS :

MM.	MM.
Amant, notaire.	De Barollet, s.-lieutenant au 117e de ligne.
Babouot, prof. au Prytanée	
Balezo, prof. au Prytanée.	Besnier, imprimeur.
Barberon, procureur.	Dr Aug. Bordas.
Beauvais, contrôleur.	Dr El. Bordas, à Pontvallain
Dr Beauchef, médecin du Prytanée.	Bourdeau, prof. au Prytanée.
Bitschiné, prof. au Prytanée	Crès, prof. au Prytanée.
Bossant, lieut. au Prytanée.	Debled, substitut.
Brou, notaire.	Dr Degaille.

MM.

Durand, prof. au Prytanée.
Dresch, id.
Desjacques, id.
Dubreuil, prof. au Prytanée.
D'Elmont.
Escary, prof. au Prytanée.
Forfer, prof. au Prytanée.
Grollier, ancien maire.
Gaudin Henry, biblioth. du Prytanée.
Houdemon Raymond.
Houdemon Georges, juge.
Houssaye, agent-voyer.
Huet, avoué.
Jampierre, s.-lieutenant au Prytanée.
Jacoulet, prof. au Prytanée.
Jundt, lieut. au Prytanée.
Laroche, sous-préfet.
Laurent, conseiller général.
Lesourd, pharmacien.

MM.

Lefizelier, pr. du Tribunal.
Marix, prof. au Prytanée.
Mauxion, avoué.
Dr Mauvais.
Martin, notaire.
De Neufbourg, conseiller à la Cour d'app. de Poitiers.
Pitoiset, prof. au Prytanée.
Pontas, id.
Regnault, id.
Roux, id.
Rioux.
Safflet, prof. au Prytanée.
Scherbeck, lieut. au Prytanée.
Seignette, inspecteur des études au Prytanée.
Sempé, lieut. au Prytanée.
Tilloy, capit. au Prytanée.

L'ÉLECTRICITÉ

L'exposition d'électricité qui vient de prendre fin au Palais de l'Industrie, à Paris, a passionné l'opinion publique. La presse lui a consacré de longues colonnes ; elle a été décrite sous tous ses aspects. Mais ce succès auprès des gens du monde n'a guère été autre chose qu'un succès de curiosité. L'électricité a été considérée jusqu'ici, par presque tous, comme un agent plus propre à exciter notre admiration qu'à servir nos intérêts. Les applications, chaque jour plus nombreuses, de ses merveilleuses propriétés, nous remplissent d'étonnement, mais il ne semble pas, au premier abord, qu'aucune d'elles puisse jamais changer la face du monde. C'est là une grave erreur, que nous voulons combattre en quelques mots.

Quelles sont les causes du prodigieux développement industriel qui caractérise le dix-neuvième siècle : ce sont là les progrès de la science et l'emploi de la vapeur comme force motrice. La puissance totale des machines à vapeur fonctionnant dans le monde entier était évaluée, en 1878, à 76 millions de chevaux-vapeur, puissance équivalent à 1,500 millions d'hommes adultes travaillant huit heures par jour. Qu'on supprime les machines à vapeur et cette force immense disparaîtra : toutes les usines se fermeront, les transactions commerciales et les voyages rapides deviendront impossibles, la civilisation reculera d'un siècle, le bien-être de tous disparaîtra et la moyenne de la vie humaine sera diminuée de plusieurs années.

Cependant, les machines à vapeur sont menacées de disparaître dans un avenir qui n'est pas très lointain.

Elles consomment, dans leur fonctionnement incessant, une prodigieuse quantité de houille, et le moment est proche où la houille nous fera défaut. En 1880, la production et la consommation du précieux combustible s'est élevée, pour le monde entier, à 300 millions de tonnes. A ce taux, et en tenant compte de la progression rapide de la consommation, il n'y aura plus de houille en Europe dans moins de deux cents ans, il n'y en aura plus en Asie, en Afrique ni en Amérique dans cinq siècles.

Nous avons à notre disposition deux combustibles principaux : le bois qui pousse constamment, mais avec une grande lenteur, et la houille, provision de bois fossile, accumulée dans le sein de la terre depuis des milliers de siècles. Le bois, c'est notre revenu, revenu malheureusement insuffisant; la houille, c'est notre capital. Nous sommes dans la situation d'un jeune héritier prodigue qui, non content de son revenu, puise à pleines mains dans son capital. Qu'arrivera-t-il quand ce fonds de réserve sera épuisé? Non-seulement les machines à vapeur cesseront de fonctionner, mais les usines métallurgiques verront leurs foyers s'éteindre, les usines à gaz ne nous fourniront plus ni la lumière, ni les mille résidus précieux dont nous ne saurions nous passer. Plus de force motrice, plus de métaux, plus de lumière pendant la nuit : nous ne serons pas loin de revenir à l'état sauvage. Heureusement la science est là pour conjurer le fléau. Examinons si elle ne nous offre pas déjà, sans attendre les découvertes à venir, les moyens d'économiser la houille et bientôt peut-être de nous en passer presque complètement.

D'où vient le bois, d'où vient la houille, et quelle est l'origine première de leur chaleur de combustion? Considérez cet arbre à la végétation luxuriante : ses feuilles absorbent l'acide carbonique de l'air; grâce à la lumière et à la chaleur du soleil, elles le décomposent pour s'emparer du charbon et rejeter l'oxygène. Tout le charbon qu'il renferme, notre arbre l'a emprunté à l'air; le soleil a fourni la chaleur nécessaire pour décomposer l'acide carbonique, et cette chaleur se trouve emmagasinée, de telle sorte que la chaleur peut la reproduire de nouveau par sa combustion. Le bois, la houille sont donc tout simplement des magasins de chaleur solaire, magasins dont nous tirons cette chaleur au fur et à mesure de nos besoins. Quand du charbon brûle dans le foyer d'une locomotive, que sa chaleur de combustion, transformée en force motrice, détermine la marche du train, nous pouvons dire que le mouvement est produit par la chaleur qu'envoyait le soleil sur la terre il y a des milliers de siècles.

Quand la provision de chaleur emmagasinée depuis les âges géologiques sera épuisée, force nous sera bien d'avoir recours à la chaleur actuelle; nous allons voir qu'elle ne nous fera pas défaut. D'après les expériences de Pouillet, la quantité de chaleur envoyée annuellement par le soleil sur la terre serait capable, si elle était répandue uniformément à la surface du globe, d'y fondre une couche de glace de 30 mètres d'épaisseur; c'est cinq cent mille fois à peu près la chaleur produite par la combustion de nos 300 millions de tonnes de houille. Cette chaleur détermine tous les mouvements que nous observons autour de nous; elle est la cause unique des vents, des pluies, des courants marins et d'eau douce, la cause première de la nutrition des plantes et, par suite, de la nutrition des animaux. « Par leur action sur la terre et sur les eaux, les rayons du soleil donnent la première impulsion à tout ce qui se meut à la surface du globe : c'est de l'astre lumineux que dépend la vie de notre planète. »

Pourquoi ne tenterions nous pas de faire servir directement ces mouvements à notre usage, et de les employer si bien qu'ils nous dispensent de recourir à d'autres sources de force ? La houille est plus commode, sans doute, car elle se transporte partout, tandis que les mouvements de l'air et de l'eau doivent être utilisés sur place ; mais nous savons que bientôt nous n'aurons plus le choix. De tout temps l'homme a employé le vent et les chutes d'eau pour faire marcher ses machines ; pendant de nombreux siècles il n'a pas connu d'autres auxiliaires ; aujourd'hui la vapeur les a rélégué au second rang , mais cette usurpation sera de courte durée.

Pour ne parler que du mouvement des eaux, remarquons que la somme des courants qui se rendent à la mer a un volume évalué approximativement à un million de mètres cubes par seconde. Ces courants descendent d'une hauteur moyenne de 500 mètres ; ils sont capables, dès lors, de produire une quantité de travail 30 mille fois plus forte que celle de toutes nos machines à vapeur réunies. Il s'agit donc d'utiliser seulement une très faible portion de la force vive des eaux courantes pour rendre inutiles les machines actuelles et économiser chaque année plusieurs centaines de millions de tonnes de houille.

Cette utilisation ne sera industriellement possible dans des conditions avantageuses que si on trouve un moyen de transporter à distance, partout où on en aura besoin, les forces naturelles du vent, des eaux courantes et même des marées. L'air et l'eau comprimés, employés comme moyen de transmission à distance, ont rendu de grands services dans le percement des immenses tunnels des Alpes. Mais ils nécessitent une canalisation coûteuse et ne sauraient servir aux transmissions lointaines. Mais voici l'électricité qui intervient et donne la solution du problème.

L'électricité est actuellement produite en grand, non plus par des piles, mais par des machines magneto-électriques actionnées par des machines à vapeur : la force que développe la combustion du charbon est transformée en électricité. Cette électricité, ainsi engendrée dans le voisinage des machines à vapeur, peut-être transportée a distance au moyen de fils conducteurs et reproduire, là où on veut l'employer, une notable partie de la force motrice initiale. Prenons un exemple à l'exposition même d'électricité.

Au palais de l'Industrie est installée une machine à vapeur qui met en mouvement une machine magneto-électrique Siemens. L'électricité produite est transmise le long d'un câble conducteur suspendu à une faible hauteur au-dessus du sol, et fait fonctionner une autre machine Siemens portée par tramway mobile sur des rails. Cette seconde machine met en mouvement les roues du véhicule et détermine sa progression rapide. Là, comme dans un chemin de fer ordinaire, la force motrice part de la machine à vapeur, mais avec des différences essentielles.

Dans le chemin de fer ordinaire, la force motrice de la vapeur est employée directement, ici elle est d'abord transformée en électricité, transportée à distance sous cette nouvelle forme, puis, reprenant sa forme primitive, elle est enfin utilisée ; deux transformations inverses l'une de l'autre, et un transport lointain sont venues compliquer l'appareil et diminuer le rendement final : on n'aura donc jamais avantage à actionner un chemin de fer électrique par une machine à vapeur : mieux vaudrait cent fois employer directement une locomotive.

A ce point de vue, le tramway de l'Exposition n'est qu'une coûteuse curiosité. Mais imaginez qu'on dispose d'une force gratuite, comme celle d'une cascade ou d'un cours d'eau ; si nous l'employons à faire marcher, par l'intermédiaire d'une roue hydraulique et de deux ma chines Siemens, un train de chemin de fer, nous aurons réalisé une importante économie de combustible.

Tel est le rôle capital que l'avenir réserve à l'électricité ! Créée par les forces vives que le soleil fait naître à profusion autour de nous, elle sera transportée partout, et utilisée dans nos usines ou dans nos maisons. Avant qu'il soit deux siècles, la cataracte du Niagara deviendra le centre d'une colossale usine d'électricité ; les 7,500 mètres cubes d'eau qu'elle précipite par seconde dans un abîme de 50 mètres de profondeur ont, en bas de leur chute, une puissance suffisante pour faire marcher toutes les usines du quart de l'Amérique. Cette puissance sera conduite dans tous les Etats voisins sous forme d'électricité, et elle mettra en mouvement les chemins de fer, les marteaux pilons des usines, les métiers des ouvriers en chambre, en même temps qu'elle servira à l'éclairage public et particulier. On sera abonné à l'électricité comme on est abonné au gaz : on aura à tous les étages des villes et des campagnes la lumière et la force électriques ; et cela sans dépense de houille.

Le charbon, réservé dès lors aux seuls usages du chauffage et de la métallurgie, ne sera plus consumé avec une si inquiétante prodigalité ! Aujourd'hui nous utilisons, dans les machines à vapeur, les provisions de chaleur solaire enfouies dans le sein de la terre; dans deux cents ans nous emploierons, par les machines à électricité, les mouvements que la chaleur de l'astre fera naître à la surface de notre planète. A l'inverse de ce qui se produit d'ordinaire, nous verrons notre revenu s'accroître à mesure que le capital aura été dilapidé. Au siècle de la vapeur succèdera le siècle de l'électricité : la force brutale de nos machines de fer, force terrible qui souvent se retourne contre son maître, sera remplacée par une autre tout aussi puissante, mais assez docile pour être introduite sans danger chez l'ouvrier le plus modeste.

Et ce n'est pas tout, l'électricité, tout en nous rendant ce nouveau service, économie de combustibles, ne cessera pas de nous fournir le concours moins important qu'elle nous offre déjà aujourd'hui : elle continuera, comme aujourd'hui et plus encore qu'aujourd'hui, à transmettre à distance, en un clin d'œil, l'écriture et la parole ; ses applications dans la galvanoplastie prendront une extension de jour en jour plus grande ; elle s'introduira sous mille formes dans nos demeures. Il y aura, en un mot, grâce à l'électricité, autant de progrès accomplis pendant le vingtième siècle, qu'il y en a eu, grâce à la vapeur, pendant le dix-neuvième. Et nous ne pouvons tout prévenir, car la science nous étonne à chaque instant par les découvertes les plus inattendues.

N'en voilà-t-il pas assez pour expliquer l'engoûment de tous pour l'Exposition qui vient de fermer ses portes. L'avenir de l'électricité, c'est certainement l'avenir du monde.

E. BOUANT.

La Flèche, 29 Novembre 1881.

DEUX MOIS EN AFRIQUE

Il ne faudrait pas donner à ce titre une prétention qu'il ne saurait avoir, ni s'attendre à une de ces relations auxquelles nous ont habitués Livingstone, Cameron, Stanley et d'autres.

Je me propose simplement ici de réunir en un tout quelques notes prises rapidement, quelques idées puisées aux sources mêmes pendant que je menais la vie des populations que j'ai visitées dans l'hiver de 1878-79.

Après une traversée très agitée, nous entrâmes dans le port de Philippeville, le 8 Décembre au matin. Tout le monde courut sur le pont pour saluer la terre d'Afrique et se réjouir de quitter cette maudite galère, source d'une foule de maux dont je vous épargne la description.

Une jolie petite ville, mollement étendue au soleil, repose dans une vallée en face du port; ses maisons blanches se détachent sur les collines parées d'une verdure toute printannière. Une foule d'embarcations quittent le rivage pour venir chercher les passagers. En débarquant, une nuée de commissionnaires se précipite sur vos paquets et vous les arrache en poussant des cris sauvages. « Nous sommes donc dans un pays très civilisé, » me dis-je, en me rappelant leurs congénères de Suisses et d'Italie, qui sont la plaie des modestes voyageurs ; mais quelques coups de pieds ou de parapluie, savamment appliqués, ne choquent personne et nous assurent la victoire. En entrant en ville, on ne se dirait pas en Afrique ; sauf quelques arabes qui sont là en guenilles, comme pour protester contre le progrès, tout respire l'activité et la civilisation.

Une rue bien droite, bordée d'arcades abritant de beaux magasins, une jolie église pleine de monde pieusement agenouillé sur les dalles ; deux magnifiques hopitaux s'élevant comme des palais sur le sommet de deux collines qui enserrent la ville ; tout cela vous dit que Mahomet est bien loin et que la civilisation a pris possession de ces rivages enchantés.

La zone de terrain qui, à partir de la côte, s'avance sur une étendue d'aumoins 100 kilomètres n'a nullement cet aspect désolé sous lequel je me figurais l'Afrique. La terre est d'une fertilité prodigieuse et ne demande qu'à être travaillée pour rapporter le centuple de ce qu'on a semé : sur la frontière de Tunisie et dans le pays des Khroumirs le blé atteint, dans les bonnes années, jusqu'à 3 mètres de hauteur. La vigne est destinée certainement à un avenir magnifique ; ceux qui créent des vignobles, s'ouvrent une mine d'or ; le vin blanc de Vallée peut rivaliser avec nos meilleurs crus de France, partout on voit de grandes propriétés cultivées avec autant de soin que chez nous.

Quant à la colonisation voici comment elle se fait. Celui qui veut devenir colon fait une demande de « concession » et le gouvernement lui donne, en toute propriété, un certain espace de terrain inculte, ou couvert de forêts. La première opération consiste à défricher, puis à travailler la terre pour la rendre productive ; ce n'est guère que la 4ᵉ année que le terrain rapporte, mais alors il devient de plus en plus fertile et apte à tous les genres de culture : la vigne, le blé, l'orange, la mandarine, etc., etc. Malheureusement la main-d'œuvre est très chère, les Arabes étant incapables de fournir un travail sérieux et soutenu.

De là il résulte, qu'un père de famille ayant plusieurs enfants intelligents et laborieux, qui viendrait s'établir dans une concession avec un petit avoir lui permettant d'attendre que sa terre rapporte, aurait au bout d'une dizaine d'années une propriété importante et serait certain de réaliser une fortune considérable. Mais pour arriver à un pareil résultat, je le répète, il faut travailler et ne pas

se rebuter la première année ; il faut se prodiguer comme
on sait le faire dans notre bonne et honnête Touraine.

C'est ainsi que se sont crées toutes les belles propriétés
que nous admirons le long de la côte et dans la Medidja.

On a fait pour les Alsaciens-Lorrains émigrés après la
guerre, une exception à ces règles. Non-seulement on
leur a donné des concessions importantes, mais une société, fondée par le comte d'Haussonville, a dépensé des
millions pour fournir à chaque famille une jolie maison,
une paire de bœufs, des porcs, des semences pour la première année et tous les instruments aratoires nécessaires.
Ils n'avaient qu'à arriver, s'installer dans une ferme
toute montée et se mettre au travail. Comment se fait-il
alors, me dira-t-on, que presqu'aucun des colons n'ait
réussi ; que la plupart aient vendu à vil prix un établissement aussi avantageux et qu'ils vivent maintenant dans
la misère ? La chose me paraît bien simple à expliquer :
d'abord, il est venu en Algérie bien peu de cultivateurs ;
c'étaient des peintres, des menuisiers, des étameurs, des
marchands ambulants et une foule de nomades sans feu
ni lieu, ayant tous le travail en horreur. Ensuite, au
lieu de s'armer de courage, ils ont ouvert des cabarets,
dont ils sont devenus eux-mêmes les meilleurs clients et
ont attendu, dans l'oisiveté et le vice, que les cailles leur
tombent toutes rôties dans la bouche. Au bout de quelques
années, nécessaires à l'acquisition définitive de la propriété, ils ont vendu leur terrain à d'autres colons plus industrieux qui, maintenant, sont en train de faire fortune
là où leurs prédécesseurs mouraient de faim. On m'a cité
un Alsacien venu après la guerre, qui dans quelques années aura pour 100.000 francs de vignes.

Constantine.

Le chemin de fer va de Philippeville à Constantine en
remontant la vallée de Safsaf, traverse plusieurs villages français très florissants : Vallée qui produit d'excel-
lents vins, Saint-Charles entouré de forêts et de marais,
Robertville, etc. La voie grimpe jusqu'au col des Oliviers,

ainsi nommé, sans doute, parcequ'il n'y pousse pas un seul arbre, à 900 mètres au-dessus de la mer, altitude très considérable lorsqu'on songe qu'on est parti de zéro.

La vue s'étend sur une plaine ondulée, très fertile lorsqu'il pleut au printemps et parfaitement cultivée. A la seule inspection des récoltes, on reconnaît tout de suite les propriétés des Arabes et celles des Européens, ceux-ci récoltent 10 et 12 fois plus que les autres, sur le même terrain et les produits sont bien meilleurs.

Le train s'arrête 20 minutes au col des Oliviers, pour donner aux voyageurs le temps de manger quelques brioches toutes fraîches et de petites saucisses qu'un colon industrieux fait venir chaque matin de Constantine.

Lorsque tout le monde a fini de déjeuner on repart et bientôt après on aperçoit Constantine construite comme un nid d'aigle sur un rocher, à 800 mètres d'altitude et paraissant absolument isolé par une profonde fissure qui le sépare du reste de la montagne. Lorsqu'on sort de la gare, une belle avenue conduit au pont qui relie l'ancienne forteresse à la terre ferme; à 300 pieds au-dessous, le Roumel écume en se brisant contre les parois sinueuses qui l'enserrent, et l'on se demande comment une tranchée si profonde a pu se creuser dans le roc; les parois de chaque côté sont verticales et toutes noires; les vieilles maisons de Constantine se cramponnent au sommet de ce mur naturel en se penchant vers le précipice; dans les anfractuosités croissent quelques figuiers de barbarie et quelques cactus qui achèvent de donner à cette scène un caractère fantastique. Un immense rocher est jeté en travers sur le Roumel et forme un pont naturel sous lequel les plus grands navires pourraient passer sans baisser leurs mâts; on dirait un tunnel que l'eau s'est creusé pour continuer sa route.

Dès que vous avez franchi le pont et la porte de la ville, toutes vos illusions tombent : une belle rue bordée de hautes maisons vous conduit au grand-hôtel d'Orient ou de Paris, où des garçons en habit noir vous reçoivent en parlant toutes les langues du monde, excepté l'arabe. Les hommes se promènent en ville aussi cérémonieusement qu'en France, et les dames font les mêmes assauts de toilette.

Si par hasard un arabe est obligé de traverser une de ces belles rues, il en demande pardon à Mahomet et secoue la poussière de ses souliers ; au premier abord on est tenté de se repentir d'avoir fait un aussi long voyage pour ne voir qu'une ville comme toutes les autres. Car, il faut bien le dire, la plupart des gens ne voyagent que par amour de la nouveauté ; généralement on n'est pas assez artiste pour se contenter des plaisirs purement esthétiques, et je suis de ce nombre : Je voyage pour rencontrer des gens qui ne sont pas comme tout le monde, des choses que je ne vois pas chez moi, des costumes et des usages inconnus. Aussi ai-je éprouvé une certaine déception en entrant dans mon hôtel, et le maître d'hôtel fut mal reçu lorsqu'il me proposa de visiter les boulevards et le jardin public ; j'en avais vu d'autres et de plus beaux et je n'avais pas affronté le mal de mer pour venir admirer les boulevards de Constantine. Le brave homme, un peu froissé du peu d'enthousiasme que m'inspiraient les beautés de sa ville, m'envoya me perdre dans le quartier arabe, mince débris de la capitale de Jugurtha.

Là, par exemple, je fus servi à souhait ; tout était nouveau et imprévu et je n'avais jamais vu rien de semblable, excepté en peinture.

Jusqu'ici je m'étais toujours méfié des peintures orientales, mais je ne le puis plus aujourd'hui ; je les croyais exagérées et trop chargées pour être vraies et voilà qu'elles n'étaient pas assez sauvages, pas assez fantastiques et qu'elles ne montraient que la moitié de la réalité.

Une ville Arabe est une chose nouvelle si jamais il en fut : ce sont des maisons serrées les unes contre les autres et formant un fouillis inextricable de ruelles qui se tordent et se coupent en véritable labyrinthe. Elles sont tellement étroites qu'un homme peut les barricader en se plaçant en travers.

Les maisons forment de petits cubes en pierres qui étaient déjà vieilles du temps des Romains ; elles ont un rez-de-chaussée et un étage et affichent un mépris souverain pour les règles de l'équilibre et de la symétrie ; elles penchent à droite, à gauche, en avant, en arrière ; quelques-unes sont munies de saillies rectangulaires qui font songer à un balcon organisé défensivement, et il arrive fréquemment que deux maisons opposées sont si inclinées que ces saillies se touchent, formant ainsi un petit tunnel où il serait dangereux de s'atarder la nuit. Aucune fenêtre ne donne à l'extérieur, si ce n'est parfois une lucarne minuscule protégée par de gros barreaux de fer qui se croisent comme ceux d'une prison. A l'intérieur une cour carrée est entourée d'un péristyle avec de ces arcades si originales qu'on voit sur les gravures ; au premier étages il y a une gallerie semblable fermée en hiver avec des fenêtres et des ouvrages en bois découpé. Les appartements donnent sur ces deux galeries qui servent de promenoir, de salon et de salle à manger aux femmes. Chacune de celles-ci a sa chambre particulière dont le maître garde la clef ; le plancher est recouvert d'épais tapis, les murs sont marquetés avec des carrés de porcelaine aux couleurs vives. Il n'y a d'autres meubles que des divans, au moins chez les Juifs ; ce qu'il y a chez les Arabes, nul d'entre nous ne peut le voir, car jamais un chien de chrétien ne franchit leurs murs sacrés.

Les rues fourmillent d'Arabes du désert, venus pour échanger leurs tapis et leurs dattes contre d'autres produits, d'habitants de montagnes demi-nus, se rengorgeant dans leur dignité et dont le métier est de couper le cou à ceux qu'ils rencontrent dans un endroit favorable, de nègres originaux et authentiques, de derviches qui prêchent, de marabouts qui prient, de marchands qui crient, de toutes sortes de barbares, en toutes sortes de costumes, tous plus ou moins déguenillés.

Ici vous voyez une femme arabe couverte de la tête aux pieds d'une robe épaisse et dont on ne devine le sexe que en se rappelant qu'une femme arabe ne laisse voir que les yeux, qu'elle ne regarde jamais un homme de sa race et n'est regardée par lui en public. Cependant, malgré le Coran, j'ai pu jeter un coup d'œil furtif sur la figure de quelques-unes de ces femmes arabes (elles sont de chair

et d'os comme leurs semblables d'Europe et exposent leur
visage à l'admiration d'un chien de chrétien, lorsqu'aucun mahométan mâle n'est à portée) et je déclare que je
suis plein de vénération pour la sagesse de celui qui leur
a prescrit de couvrir une si affreuse laideur. Plus loin
vous rencontrez de gentilles mauresques, en souque-
nouille bleue, une ceinture brillante autour de la taille,
des pantoufles à leurs pieds nus, un mignon petit bonnet
conique sur la tête, les cheveux ramenés sur le front et
taillés à la mode que suivaient déjà leurs ancêtres il y a
je ne sais combien de siècles. Elles sont jolies et ont une
façon de sourire aux chrétiens qui n'est pas désagréable
le moins du monde.

De chaque côté de la rue s'alignent les magasins sans
devanture ; on dirait des baignoires de théâtre dans un
pays civilisé. Le marchand est assis au milieu, par terre
sur une natte, les jambes croisées ; il peut atteindre, sans
se lever, les articles que vous désirez voir. Tous les métiers sont représentés et groupés par rues : ferblantiers,
cordonniers, banquiers, marchands de tabac et de mille
petits riens, tous opèrent en public. J'ai vu un vieillard
fabriquer ces plats orientaux qu'on vend à Paris ; il
repoussait le métal avec un burin sur lequel il frappait
avec un marteau, sans dessin tracé d'avance pour guider
sa main. Un changeur également assis dans une baignoire
avait sa caisse sous la main et passait sa journée à compter de vieux sous tout usés et bosselés qu'il transvasait
d'une corbeille à l'autre ; du train dont il y allait, il ne
devait pas compter une grosse somme en un jour ; il suffit de vouloir changer un ou deux louis pour faire sauter
la banque ; le caissier est obligé de courir les rues pour
négocier cette valeur rare. Une baignoire un peu plus
large que les autres sert de café où les désœuvrés sont
accroupis autour d'une natte pour jouer aux cartes ou bien
déguster avec recueillement, une tasse de caouah (café.)

Les marchands sont des Juifs qui portent un prodigieux
turban sur la tête ; une jaquette magnifiquement brodée ;
une ceinture miroitante plusieurs fois enroulée autour du
corps ; un pantalon ou une robe, je ne sais comment

l'appeler, qui ne descend que jusqu'au genou et demande bien vingt mètres d'étoffes pour former les plis très amples dans lesquels ils se drapent. On les prendrait pour des pachas si l'on ne voyait devant eux des arabes couverts de haillons qui les traitent pis qu'un chien ; mais les rusés enfants d'Israël se laissent accabler d'injures et de mépris et remplir les poches d'or. Leurs doigts et leurs nez sont tous crochus, et toujours sous le même angle, ce qui fait qu'ils se ressemblent tous et qu'on les croirait tous parents.

Dans le moindre petit carrefour se tient un marché encombré de figues, de dattes, de melons, de gâteaux à l'huile et au miel, etc. ; au milieu de tout cela défilent des caravanes d'ânes pas plus gros que des chiens de Terre-Neuve. La place est couverte de vieux chiffons imbibés de graisse, de débris de légumes et de fruits, d'un tas de choses sans nom qui répandent une odeur particulière mais nullement agréable. Les rues fort étroites contiennent le maximum de miasmes qu'une personne peut respirer sans mourir.

Quelle drôle de ville que cette cité arabe ! une fois que le nez est habitué à cette odeur, on éprouve une sorte de respect et de vénération pour ces hommes et ces ruines qui protestent par leur immobilité contre le progrès qu'on veut leur imposer ; on s'imagine que c'est presque une profanation que de rire, de plaisanter et de parler notre langue moderne au milieu de ces vieux débris d'un âge devenu légendaire. Il n'y a que le style solennel et la démarche pompeuse des fils du Prophète qui conviennent à une antiquité aussi respectable : voici un rempart qui s'émiette, et qui était déjà vieux lorsque les croisés se levèrent contre le croissant ; un pont qui était vieux lorsque les Romains vinrent ici pour la première fois ; voilà une porte encore solide qui a vu défiler sous son arche, Jugurtha et son armée victorieuse.

Il faut visiter ce quartier à trois heures différentes : à midi, à minuit et à huit heures du matin ; je viens de vous montrer le plus beau des tableaux et vous fais grâce des deux autres.

Ceux qui aiment les souvenirs dramatiques, peuvent

visiter la casbah, devenue une belle caserne ; elle est située sur le rocher d'où l'on précipitait jadis les femmes adultères dans le Roumel, à une profondeur de 300 mètres ; c'est là que le bey de Constantine opposa à nos soldats, déjà maîtres de la ville, une résistance désespérée, et après avoir vu tomber ses derniers janissaires, s'est jeté du haut du rocher avec toutes ses femmes pour ne pas tomber vivant entre nos mains.

Les excursionnistes et les grimpeurs descendront par le sentier pittoresque qui conduit aux bains de Sidi M'zid pour admirer les belles plantations qui entourent les bassins et essayer de remonter la gorge du Roumel si les eaux sont basses. Avec un peu d'habileté et quelques risques, on peut arriver jusque sous un des tunnels creusés dans le roc, et contempler d'en bas la hauteur prodigieuse du rocher des Femmes Adultères. J'y suis allé, conduit par un lieutenant de tirailleurs, M. Julien, qui venait d'adresser à l'Académie des travaux et des découvertes anthropologiques, très appréciés par M. de Quatrefages. Mon savant et aimable compagnon m'a fait remarquer un aqueduc romain dans lequel l'eau coule encore comme il y a dix-huit siècles, et une foule de phénomènes géologiques du plus haut intérêt. Je ne saurais trop recommander cette course aux amateurs de la belle nature.

De Constantine à Batna.

J'avais retenu une place de coupé à la diligence qui part tous les soirs de Constantine pour Batna, et à 7 heures du soir je m'installai dans mon coin espérant rester seul et charmer les loisirs de la route par un bon somme. Au moment où le coche s'ébranlait, accourait un compagnon de route que l'obscurité ne me permit de distinguer que très vaguement ; cependant, il me semblait qu'il avait mis pas mal de temps à défiler par la portière et qu'il éprouvait une certaine difficulté à s'installer. Pour moi, je me casai le mieux possible, tâchant de m'endormir. Mais, notre siège était rembourré d'une trop irrégulière façon ; la laine ou le crin, qui formaient jadis le coussin, s'était

massée en petits tas durs, autant d'aspérités qui s'incrus-
taient dans notre personne. Le dossier était recouvert
d'un drap sans couleur tout rapé et lustré comme si on
l'avait ciré ; votre mouchoir placé à l'endroit où la tête
s'appuyait n'était pas un luxe superflu. Le coupé était
tellement étroit, qu'une fois les jambes placées on ne pouvait plus les bouger d'aucune façon.

Le coche, remorqué par cinq forts chevaux, cahotait
péniblement en poussant force gémissements, et ne ces-
sant de geindre comme une vieille personne obligée
d'exécuter un travail pénible au moment où elle aurait
droit au repos et à la retraite. C'était sans doute une de
ces antiques diligences qui, vaincues par le progrès, se sont
expatriées et sont venues échouer ici. Les gémissements
lui étaient sans doute arrachés par le souvenir de son glo-
rieux passé ; elle transportait des grands seigneurs et des
dames élégantes, et la voici réduite à trimballer d'affreux
arabes, parlant une langue sauvage, qui en sortant lui lais-
saient une garnison complète. — Cependant, mon compagnon de route soupirait à son tour, essayant en vain de
se retourner et de changer de place. Tout cela, produisait
un concert plaintif qui, joint à la fatigue de la journée, me
fit sommeiller un peu et continuer les rêves de notre
guimbarde jusqu'à ce que le jour commençât à poindre.
J'étais moulu, rompu, gelé (nous étions au 18 décembre), souffrant le martyre aux genoux, des fourmis dans
les jambes, mal dans le dos, mal dans les reins, mal
partout. Mon premier regard fut pour mon compagnon
d'infortune ; c'était un bel homme, à barbe noire et soi-
gné dans toute sa personne, beaucoup plus que ne le
sont généralement les touristes ; le malheureux était plié
en quatre, la voiture n'ayant pas été faite à sa mesure.
Les genoux touchaient le menton et faisaient faire à ses
cuisses un angle de 45° sur la banquette ; le dos vouté
décrivait un grand arc de cercle pour empêcher la tête de
défoncer le plafond. — « Avez-vous pu dormir,
Monsieur ? » lui dis-je. — « Je n'ai pas fermé l'œil »
répondit-il en laissant échapper un long soupir. La conversation continua sur les tribulations du voyage et le

manque de confort de notre voiture ; lui , venait de Tunis et de Tébessa et allait à Biskra ; moi aussi j'allais à Biskra ; nous résolumes donc de nous associer après un échange de cartes, formalité indispensable entre voyageurs, je n'ai jamais pu revenir d'un voyage sans rapporter un chargement de cartes d'une foule d'amis d'un jour. M. Bossion, c'est ainsi que se nomme mon nouvel ami, habite aux Champs-Elysées, à Paris, et semble regretter un peu de les avoir quittés. Cet incident donna au soleil le temps de se lever pour nous permettre de voir le paysage.

Depuis Constantine nous montons toujours, le pays a perdu peu à peu son aspect fertile et riant, on sent le manque d'eau ; la culture principale est l'orge qui réussit très bien lorsqu'il y a des pluies au printemps. En hiver il fait un froid de loup, nous en savons quelque chose, et en été on compte jusqu'à 40° de chaleur à l'ombre. Dans les forêts que nous voyons au loin, on rencontre le lion , la panthère, l'hyène, le chacal , etc.; il n'est pas rare qu'un chasseur à la poursuite d'une bécasse se trouve nez à nez avec une panthère. Dans ce cas, le plus prudent c'est de battre en retraite pour ne pas troubler le sommeil de notre hôte ; cependant, je connais un chasseur qui échangea sans bruit des cartouches de 7 contre deux balles et les logea dans la cervelle de la panthère qui le mangeait déjà des yeux. Depuis ce jour, mon nemrod porte une griffe de sa bête suspendue en guise de breloque à sa chaîne de montre. Quelques jours après notre passage, la même diligence s'arrêta tout à coup , les chevaux se cabraient en donnant des signes de la plus grande frayeur, il fallut descendre pour les tenir et empêcher la voiture d'être précipitée dans l'abîme qui borde le chemin. Un instant après, un magnifique lion passait majestueusement sur la route sans même jeter un coup d'œil aux malheureux voyageurs pétrifiés par sa présence ; il venait sans doute de s'inviter à dîner dans la plaine, au milieu d'un troupeau de bœufs.

Visite au père de l'Hospitalité.

Nous voici aux portes de Batna; des coups de fouet

donnent du sang aux chevaux et font rouler notre carrosse avec un vacarme étourdissant ; il faut que nous ayons l'air de quelque chose prétend notre cocher. Toute la population sort des maisons pour voir arriver les voyageurs, et en sortant de notre coupé M. Bossion et moi nous obtenons tout le succès désirable : lui, a la taille d'un cent gardes et porte un incommensurable ultser anglais à carreaux noirs et blancs, moi, tout petit à côté de lui, je disparais également dans un ulster qui me tombe jusqu'au talon, heureusement qu'un beau fusil suspendu à mon épaule me rehausse dans l'esprit de ces populations guerrières. Devant nous trottine un arabe courbé sous nos valises à l'air confortable ; le drôle nous fait faire un long détour pour nous montrer dans la ville et faire ainsi de la réclame pour son hôtel.

Enfin nous y voici ; l'hôtesse court, bavarde, s'essouffle et nous donne deux chambres séparées par un salon avec balcon sur la rue.

Batna est le trou le plus insipide que j'aie jamais vu, construit sur un plan tracé par le génie, entourée d'une campagne absolument aride, gelée en hiver, brûlée par le soleil en été ; avec cela des rues larges plantées d'arbres qui oublient de pousser, rectilignes et toutes perpendiculaires entre elles. Un mur crénelé et une citadelle la défendent contre les incursions des arabes. En dehors de l'enceinte, on remarque une vaste construction en pierres sèches crépies à la chaux ; c'est la demeure du caïd sidi... je ne puis retrouver ce diable de nom, mais il signifie père de l'Hospitalité, et en effet, tout autour de ce « borj » se dressent une foule de tentes appartenant à des arabes en voyage qui font étape et se reposent sous la protection du père de l'Hospitalité.

C'est ce même Caïd qui a été la première victime du soulèvement de l'Aurès en 1879 ; lorsqu'il apprit que les tribus s'agitaient, il monta à cheval entouré de son goum pour aller prêcher la paix aux rebelles. Il leur fit un discours plein de feu et d'autorité pendant lequel il se fit un silence religieux ; cependant une femme se permit de l'interrompre en lui criant qu'il était traître au Prophète. Le caïd saisit sa carabine placée devant lui en travers sur la selle, coucha en joue la malheureuse exaltée, l'étendit raide morte à ses pieds et continua son discours. Les révoltés furent un moment contenus par cet acte de vigueur sauvage ; mais bientôt l'effervescence reprit, et lorsque le caïd voulut se retirer, ses serviteurs furent dispersés et lui-même tomba sous les coups des assassins. Lorsque peu de temps après, la colonne expéditionnaire s'empara de ce village on trouva son cadavre horriblement mutilé étendu sur la voie publique.

Je le verrai toujours avec sa belle tête, son grand burnous blanc sur lequel se détachait la croix d'officier de la Légion d'honneur ; il avait grand air lorsqu'il se promenait dans les rues de Batna et qu'il recevait avec tant de naturel et de dignité l'hommage des arabes qui accouraient lui baiser la main. Je regrette de ne pas retrouver le nom de ce héros pour lui payer un juste tribut de regrets et d'admiration.

A 12 kilomètres de Batna se trouvent les ruines de Lambessa, ville Romaine, brûlée par les Vandales et qui a plus d'une lieue de diamètre. On y admire encore le prétorium rempli d'une foule de statues, des bains avec mosaïques, plusieurs portes, des arcs de triomphe, des aqueducs, etc. ; on prétend que le chiffre de la population dépassait 100.000. A six ou sept jours de marche vers l'Est, on rencontre Tébessa, l'ancienne Téveste des Romains, mais celle-ci encore debout et vivante ; les Vandales la détruisirent, mais Bélisaire la reconstruisit, et aujourd'hui ses vieux murs sont encore en état de soutenir un siège fait par des arabes.

Dès le soir de notre arrivée, nous en avions assez de Batna et nous courions retenir des places à la patache qui tous les deux jours fait le service d'ici à Biskra ; elle devait justement partir le lendemain matin à 8 heures. Mais au dernier moment on nous annonce qu'une roue s'étant brisée en route, la voiture n'est pas arrivée. Nous voici donc encore réduits à arpenter les rues de cette maudite ville ; pour passer le temps, nous lions conversation avec les industriels de l'endroit qui nous apprennent qu'il y a

une quinzaine de jours, le même courrier avait déjà
éprouvé des avaries. Il revenait de Biskra avec un juif
pour compagnon de route, le chemin était coupé par un
torrent grossi subitement ; le conducteur voulant traverser quand même, vit sa voiture entraînée par le courant ;
le Juif, pris de peur, voulut descendre et se noya net.
De plus, l'eau de Biskra a la spécialité de faire pousser
des clous énormes sur la figure des nouveaux arrivants ;
il faut aussi se méfier des scorpions qu'on trouve dans son
lit le soir, ou dans ses bottes le matin en se levant, de la
tarentule, grosse araignée dont la piqûre amène infailli-
blement la mort au bout d'un quart d'heure. Mon compagnon qui a une foule d'avantages physiques à sauvegarder
devient rêveur et finit par trouver que Biskra est peut-
être un peu loin et difficile à atteindre. — Celà doit res-
sembler à Batna, dit-il, et nous avons déjà une idée suffisante de l'Algérie ; il est vrai que nous n'avons pas
encore vu de palmiers mais nous en trouverons à Nice sur
la Promenade des Anglais, etc. etc. Par bonheur le pharmacien nous offre une série de spécifiques souverains
contre ces différents dangers que nous allons chercher à
Biskra ; je conseille à mon ami d'en acheter. Tous ces
gens sont des farceurs ; lui dis-je, qui voudraient nous
retenir ici indéfiniment. Allons, c'est décidé, nous par-
tons demain matin.

Le courrier est un modeste char-à-bancs, le conducteur s'assied sur la première banquette ayant à côté de
lui des monceaux de paquets et de dépêches ; derrière,
il y a place pour les voyageurs ; trois bons chevaux nous
entraînent non plus sur une belle route maintenant, mais
sur une simple piste comme celle qui se produit dans un
champ traversé souvent par des voitures. Dire la rapidité
de cette course et les cahots de la voiture, serait chose
impossible ; il y a de quoi expier ses péchés de la vie
entière ! Nous faisons plus de douze kilomètres à l'heure,
toujours au grand trot, franchissant sans se ralentir les
torrents et les ornières ; il faut vraiment que ce véhicule
soit incassable pour ne pas être brisé en morceaux. Il n'y
a plus de villages maintenant ; des caravansérails, gran-

des maisons entourées d'un mur crénelé, servent de relais ; de temps en temps une maison isolée au milieu des champs qu'on laboure pour y semer de l'orge. Enfin nous nous arrêtons pour déjeuner pendant qu'on change de chevaux, et l'on nous montre sur la porte, une large plaque de sang toute récente. L'avant veille deux arabes, allant à Batna, s'étaient arrêtés pour camper à l'abri de la maison ; pendant la nuit ils furent attaqués par des brigands, et une lutte désespérée s'engagea ; l'un des hommes fut poignardé et s'affaissa contre la porte, en y marquant cette tache de sang qu'on nous montrait. Les gens de la maison, réveillés par les cris, n'osèrent pas ouvrir la porte de peur d'être assassinés eux-mêmes et restèrent simples témoins de cette lutte désespérée.

A soixante kilomètres plus loin, la route paraît subitement barrée par une chaîne de montagnes toutes dénudées ; en se rapprochant, on finit par distinguer une gorge très étroite. Un ruisseau serpente à travers les rochers en laissant une petite place pour le chemin ; celui-ci, construit en chaussée sur les bords du torrent, coupe perpendiculairement la chaîne de montagne et vous conduit en quinze ou vingt minutes de l'autre côté. La plus agréable surprise nous attend au débouché : le désert avec sa monotonie, la chaleur qui succède au froid sans la moindre transition, l'oasis d'El-Kantara avec sa forêt de palmiers. Là on quitte les manteaux et les plaids pour se ragaillardir sous ce beau ciel bleu et cette douce température. Tous les tableaux orientaux que nous avons vus auparavant, nous reviennent a l'esprit et s'animent en prenant des couleurs vivantes. En sortant de l'oasis, il faut traverser pendant 60 kilomètres une plaine qui ne produit que de la poussière et des cailloux roulés ; on rencontre, chose curieuse, un banc d'huitres pétrifiées venu la je ne sais comment et d'immenses montagnes de sel que de gracieuses gazelles viennent lécher. Le reste du paysage est d'une monotonie désespérante, interrompue seulement par l'oasis d'El-Outaïa, dernière étape avant Biskra.

Biskra.

Il faisait nuit lorsque nous arrivions à la porte de Biskra ; dès que nous fûmes en vue, un clairon sonna la
« Casquette du Père Bugeaud », sans doute pour annoncer
à la population l'arrivée de voyageurs de distinction. A ce
signal, tout le monde se mit sur pied, même la Co-
lonie Européenne, et nous fit cortège en entourant notre
véhicule. Jamais, depuis notre débarquement, on ne
nous avait fait tant d'honneur ! Un arabe s'approcha de
nous, jeta un coup d'œil d'inspection et parut satisfait ;
puis il disparut à toutes jambes en donnant des ordres à
un autre moricaud. Pendant ce temps, on avait débarqué
d'énormes sacs cachetés en cuir que des employés empor-
tèrent et tout notre cortége de suivre. Hélas, ce n'est pas
nous, mais des journaux et des lettres que tout ce monde
attendait ; j'avais oublié que nous apportions les dépêches
et ces malheureux n'en ont pas tous les jours ! C'est un
véritable évènement que l'arrivée du courrier ; les nouvelles les plus fraîches sont déjà vieilles de huit jours,
mais n'importe, elles n'en ont que plus de prix ; un ca-
nard qui chez nous ne vit qu'un jour au plus, les agite et
les bouleverse là bas durant une longue semaine. Le moricaud qui tout à l'heure avait reçu des ordres, nous dit que
Mme Médan nous attendait dans son grand hôtel du Sahara ; pour affirmer notre liberté, je déclarai que nous choi-
sirions un autre hôtel ne voulant pas qu'on disposât ainsi
de nos personnes. Le drôle sourit en nous disant qu'il n'y
avait pas d'autre abri à espérer. Il n'y avait qu'à se laisser
faire et Mme Médan nous reçut avec dignité et nous ins-
talla avec un confortable inespéré. Nous n'avons trouvé
dans nos lits ni scorpions, ni tarentules, ni même d'autres
hôtes moins dangereux, mais que je redoute tout autant ;
mon ami était enchanté et moi aussi.

Biskra, situé à 350 kilomètres environ du Littoral, est
la capitale des Zibans, réunion d'oasis comprises dans le
pays de Zab. Cent quarante mille palmiers y sont entas-
sés pêle-mêle, enchevêtrés les uns dans les autres et permettant à peine au soleil de descendre jusqu'à terre.

L'oasis s'étend de l'est à l'ouest, entrecoupée dans tous les sens de ruelles étroites, tortueuses qui donnent accès aux propriétés des indigènes. Au centre de l'oasis, on remarque l'ancien village indigène enfoui sous les palmiers ; ses maisons sont bâties en mottes de terre durcies au soleil, bosselées, tordues, penchées, éventrées pour la plupart. Au milieu d'elles se voient les ruines de l'ancien fort où furent massacrés en 1844 les soldats et les officiers laissés à la garde de l'oasis. Deux mois après, le duc d'Aumale vint venger les victimes et assurer la conquête en construisant une vaste citadelle bastionnée qui prit le nom de fort Saint-Germain.

Cette « Kasbah » peut abriter la garnison, les chevaux et les approvisionnements de toute sorte et même la population civile lorsqu'elle est menacée par une insurrection, des rues furent tracées et bientôt s'élevèrent des maisons à un étage et à portiques habitées par des colons et par des marchands moyabites. Le génie militaire y construit une jolie église ornée de vitraux et de fresques dues au pinceau un peu rustiques d'un caporal. Le presbytère est un ravissant petit palais mauresque dont la construction a ruiné le premier propriétaire ; un soldat de 1re classe est cuisinier du curé, office qu'il cumule avec celui de sacristain.

La propriété dans les oasis est morcelée à l'infini : chaque parcelle forme un jardin clos de murs avec une porte basse fermée par un verrou en bois très ingénieux. Sur les 140.000 arbres, six mille environ sont des palmiers mâles, improductifs et exempts de l'impôt, servant à la fécondation des palmiers producteurs. Cette opération s'effectue au moment de la floraison, vers la fin de Mars ; des nègres au service des indigènes sont habituellement chargés de cet ouvrage. Ils grimpent sur les arbres à fruits, munis de fleurs de palmier mâle ; ils en secouent le pollen sur les fleurs de dattiers, aidant ainsi à l'œuvre que la nature ne ferait parfois qu'imparfaitement. Le palmier aime la chaleur, mais il lui faut aussi l'humidité, d'où le dicton arabe : le palmier veut avoir la tête dans le feu et les pieds dans l'eau. C'est pourquoi dans les oasis, ce n'est pas le sol mais l'eau qui forme la valeur intrinsèque de la propriété.

La question de l'eau était vitale pour l'oasis, à tel point que les Turcs pendant leur domination avaient établi une forteresse dont on voit encore les ruines sur les bords de l'Oued-Biskra à la réunion des sources. De ce « Borj » ils abaissaient à volonté les écluses suivant qu'ils voulaient pressurer plus ou moins fort la population. En hiver, ces eaux, n'étant pas nécessaires aux palmiers, sont conduites hors des jardins, où elles donnent la fécondité à des terres ensemencées de céréales A cette époque, l'oasis paraît avoir doublé d'étendue ; ce cadre de verdure duquel s'élève la masse touffue des palmiers, figuiers, oliviers, cactus, etc., rappelle les vertes pelouses qui entourent les massifs boisés dans les jardins anglais. Ça et là de petits points noirs disséminés sous les ombrages, marquent des tentes d'arabes veillant sur leurs plantations.

La température est écrasante en été ; en hiver, il y a certains jours qui peuvent rivaliser avec nos plus belles journées d'été. Le 23 décembre il y faisait tellement chaud que j'ai du me servir d'une ombrelle et que mon ami faillit prendre une insolation pour avoir dédaigné cette précaution.

En marchant vers l'ouest pendant de longues journées, on rencontrerait Laghouat et Géryville qui sont par rapport à Alger et à Oran ce que Biskra est pour Constantine, c'est-à-dire des sentinelles avancées placées à l'entrée du désert pour surveiller les tribus et assurer la sécurité des caravanes. Géryville est le poste le plus au sud que nous ayions occupé avant ces derniers événements qui nous ont fait connaître le nom de Bou Amema ; ce fort est opposé aux deux puissantes tribus des Ouled Sidi Cheikh et des Hamian-Garabaa. Les premiers sont réputés descendre en ligne directe du Prophète et ont de ce chef une autorité morale considérable. Leur ancêtre, Sidi Cheikh, vivait au XVIIe siècle et fut enterré à 90 kilomètres au sud de Géryville, à El Abiod, lieu de pèlerinage très fréquenté. Il s'y trouvait une « zaouia » très riche qui était un foyer de haine et d'excitation contre nos possessions ; les arabes y venaient en pélérinage de très loin faisaient des offrandes et y puisaient de nouveaux aliments pour leur fanatisme. C'est cette Kouba que le Colonel de Négrier vient de détruire et les reliques qu'il a rapportées à Géryville, sont celles de Sidi Cheikh ; la confrérie que ce chef a fondée compte des frères non seulement dans toute l'Afrique, mais encore en Arabie et dans toute l'Inde.

Ces deux tribus qui se gouvernent elles-mêmes, ont souvent opéré des razzias sur notre territoire et ont provoqué les expéditions de 1864, 1865, 1869, 1870 et enfin de 1881. Le chef des Sidi Cheikh est aujourd'hui Si Sliman et celui des Hamian, Bou-Amema ; ils ont toujours été en rivalité et il serait peut-être plus facile de les battre en exploitant ce sentiment qu'en envoyant des armées se perdre au fond du désert.

Au nord de Géryville se trouve une ligne de lacs salés : le Chott el Gharbi et le Chott el Charyni ; plus au nord encore, les positions de Tiaret, Frendha, Saïda, Daya, Sebdou et El-Aricha reliées par une route militaire ; elles forment à l'entrée du Tell une ligne de défense parallèle à la mer et appuyée sur une crête de montagnes qui se prolonge jusqu'au Maroc et marque la limite du Tell et des Hauts Plateaux. C'est là le pays que les récents exploits de Bou-Amema ont bouleversé.

Il n'y a de remarquable aux environs de Biskra qu'une source d'eau sulfureuse où l'on a construit un établissement de bains ; l'eau en sortant de terre est tellement chaude qu'il faut la laisser refroidir pendant deux heures dans les bassins avant de pouvoir s'y baigner. Biskra en un mot n'est qu'une petite ville française transportée au milieu d'un paysage oriental et sous une température de 50 degrés en été. Si l'on veut voir de vrais Arabes, il faut aller plus loin, là où la civilisation n'a pas encore pénétré. Malheureusement, les moyens de locomotion font défaut ; il ne reste plus que le cheval et le chameau qui peut marcher toute une journée sans manger, mais le mouvement qu'il imprime à son cavalier occasionne des troubles analogues à ceux du mal de mer ; j'ai donc choisi le cheval, et accompagné d'un cavalier comme guide , j'ai quitté Biskra à 6 heures du matin.

Le Désert.

A la sortie de l'oasis, le désert s'étend à perte de vue comme une mer grise ; les petites taches noires qu'on y remarque sont des oasis lointaines ; la terre semble bonne, mais dure comme la pierre et de larges crevasses réclament la pluie qui n'est pas tombée depuis deux ans. De temps en temps on traverse du sable fin que le vent soulève en tourbillons et entasse en collines ; nos chevaux y enfoncent jusqu'aux genoux et déploient une vigueur et une habileté remarquables. On ne voit pas un oiseau, pas un animal, pas un être vivant, on dirait une terre maudite ; parfois cependant, lorsqu'on se rapproche d'une oasis, un troupeau de chameaux se promenant à pas comptés, rompt la monotonie de paysage. Mais un spectacle incomparable et vraiment grandiose, c'est le lever du soleil : l'orient se colore successivement de teintes incroyables qui se réflètent à l'Occident ; elles changent, se modifient, montent et descendent, puis ce sont des nuages enflammés qui courent poussant devant eux d'autres nuages rouges, violets, bleus, aux formes les plus fantastiques ; on dirait la brillante avant-garde du roi de la nature. Au bout d'une heure, celui-ci daigne enfin se montrer et éclipse les phénomènes précédents qui disparaissent comme pour rendre hommage à sa splendeur.

Peu à peu le point noir sur lequel nous marchons grossit, les palmiers se dessinent à l'horizon comme une forêt de sapins, et la vie renaît autour de nous ; c'est l'oasis de Mellili. Nous traversons d'abord des jardins entourés chacun d'un mur en terre et séparés par des sentiers tortueux, si étroits qu'ils ne laissent place qu'à une seule personne; puis nous arrivons au village entouré lui-même d'un mur en terre surmonté de tours carrées ; les portes sont en bois très solide et fermées à la tombée de la nuit. Ces précautions datent d'une époque antérieure à notre conquête, du temps où les tribus nomades venaient souvent attaquer et piller l'oasis peudant la nuit ; les jeunes gens en armes passaient la nuit dans un bâtiment voisin de la porte, pour prévenir toute surprise. Pour se faire une idée du degré de résistance que peut offrir une oasis, il suffit de se rappeler le siége soutenu par Zaatcha qui n'était pas plus importante que la moyenne des autres oasis des Zibans. Toutes les maisons sont en terre, même celles des chefs les plus riches ; elles n'ont qu'un rez-de-chaussée avec terrasse, pas d'autre ouverture sur la rue qu'une porte basse toujours fermée, dont la clef est suspendue avec le couteau poignard sur la poitrine de tout père de famille. Souvent la rue est couverte par une construction qui s'appuie sur les maisons de chaque côté ; ce sont les magasins où l'on conserve les provisions et les récoltes. L'intérieur comprend généralement deux pièces éclairées par un trou pratiqué dans la terrasse. C'est là que se tiennent les femmes, qu'elles font le ménage et qu'elles tissent le drap pour habiller la famille ; dans un coin, des tapis étendus par terre forment le lit commun à tous. Les hommes sont accroupis sur la place publique, prenant le soleil et fumant des cigarettes, ou bien jouent aux cartes dans un café ; dans un coin de la chambre, le cafetier entretient un petit feu, et fabrique son café au fur et à mesure des besoins.

Lorsqu'un étranger arrive dans un village, on lui offre immédiatement le café, puis on le conduit chez le caïd ou le cheikh où il reçoit l'hospitalité. Dès votre arrivée là, on se hâte d'étendre les plus beaux tapis — j'en ai vus qui coûtent jusqu'à 500 fr. — puis on sert des dattes et des noix en attendant que les femmes aient préparé le repas. Celui-ci se compose de plusieurs plats qu'on sert d'abord à l'étranger ; ils passent ensuite à l'escorte et au maître de la maison, enfin aux fils et aux domestiques qui ne s'assoient pas sur le tapis mais à côté. Ce fait de placer les enfants sur le même pied que les domestiques est caractéristique.

L'arabe est méfiant et vindicatif ; d'une vigueur peu commune, n'aimant pas le travail, mais d'une sobriété proverbiale. Ainsi un de mes guides fit un jour 52 kilo-

mètres en poussant mon mulet de 6 heures du matin à
4 heures de l'après-midi, sans s'arrêter pour manger ;
moi-même ce jour-là je ne me suis nourri que de dattes
mises en réserve dans mes poches. J'ai offert à l'arabe de
faire un petit crochet de 500 mètres pour trouver une
maison où nous pouvions dîner ; eh bien, il n'a pas
voulu, préférant continuer sa route ! Combien de domestiques français n'auraient pas hésité à me faire manquer
la voiture au prix d'un dîner !

Les arabes ont un grand respect pour les oiseaux ;
aussi ces pauvres bêtes sont-elles moins sauvages que
chez nous ; maintes fois j'en ai vu entrer dans notre
chambre et becqueter les miettes tombées de la table.

Nous avons vu l'arabe de la côte qui vit isolé dans son
gourbi, celui du désert qui se groupe et se fortifie dans
son oasis ; il nous reste voir le nomade. Celui-ci vit sous
la tente entouré de ses chameaux, de ses mulets et de ses
chiens ; un grand drap circulaire en poil de chameau
forme leur seul abri, une perche de 2 mètres le soulève
au milieu et les extrémités en sont tendues au moyen de
petits piquets enfoncés dans le sol. Pendant le jour, une
partie de la tente est relevée en guise de porte, mais
l'entrée au lieu d'être libre est occupée presque dans
toute sa largeur par le métier à tisser, appareil des plus
primitifs avec lequel sont fabriqués des tapis qui font
l'admiration des connaisseurs. La traîne est séparée par
deux ou trois bambous, la chaîne se passe à la main fil
par fil sans navette ; il faut avoir la patience de ces
peuples qui ne savent pas ce que c'est que de se presser,
pour mener à bonne fin ce travail de Romain. En été,
les nomades vont dans le Tel faire pâturer leurs troupeaux ; en hiver ils redescendent vers le sud en attendant
les chaleurs.

Maintenant que nous avons vu la vie matérielle de ce
peuple, étudions le au point de vue religieux. Les arabes
sont mahométans et ils observent avec une rare fidélité
cette religion si dure et si sévère. Mahomet interdit
l'usage de tous les spiritueux, du porc, etc., etc. ; il prescrit des prières, le matin, à midi, à 3 heures et au cou-

cher du soleil. Il n'y a pas de prêtre proprement dit ;
c'est un homme plus austère que les autres, appelé
muezzin, qui préside à l'office. Dès 5 heures du matin, il
monte sur le minaret et appelle à grands cris les fidèles
à la prière ; réveillé moi-même par cette cloche écono-
mique qu'on remplace sans bourse délier lorsqu'elle est
fêlée, je me levai pour aller à la mosquée. La nuit était
obscure et il fallait tâtonner pour trouver le chemin ;
une foule d'ombres blanches glissaient comme moi le
long des maisons et se dirigeaient vers la mosquée.
Avant d'y entrer, chacun s'arrêtait près d'une piscine
pour faire les ablutions prescrites, puis, après avoir
aligné ses sandales devant la porte, il allait s'agenouiller
sur les dalles ou plutôt la terre durcie. Les femmes et les
enfants ne sont pas admis au sanctuaire. Je suivis la
foule mais sans laisser mes bottes à l'entrée, j'aurais
crains de ne pas les retrouver ; ils étaient tous prosternés
à terre récitant à haute voix et à l'unisson de ferventes
prières, sans se laisser distraire par ma présence. Les
mêmes cérémonies se répètent dans la journée et au
coucher du soleil ; ceux qui ne peuvent aller à la mosquée
montent sur la terrasse de leur maison, ou s'arrêtent
n'importe où ils se trouvent, pour remplir ce devoir
sacré qu'ils n'omettent sous aucun prétexte. J'ai vu cela
non pas une fois, mais cent fois, dans toutes les oasis
que j'ai visitées.

Un jour, un chef aux goûts d'artiste, Amida-ben-Ganah,
fit venir pour me fêter des chanteurs et des musiciens,
qui nous donnèrent un concert dans un rez-de-chaussée
servant de dortoir à une quinzaine de cavaliers ; quelques-
uns d'entre eux, fatigués sans doute, voulurent se reposer
et, sans se soucier de la nombreuse société ni de la
musique, ils firent leur prière à Allah avant de s'en-
rouler dans leurs burnous. Une autre fois j'étais en
diligence avec un jeune arabe de 17 à 18 ans, nous
arrivions au premier relai, vers 6 heures, pendant qu'on
changeait de chevaux, il se hâta de descendre et se pros-
terna du côté de La Mecque, malgré les plaisanteries des
voyageurs et les jurons du cocher qui menaçait de partir

et de le laisser en adoration. Après avoir fini, il remonta
lestement en voiture avec l'air d'un homme qui a bien
fait son devoir. Il arrive souvent qu'à Biskra, pendant
que la musique militaire joue dans le jardin public, des
arabes surpris par le coucher du soleil, s'agenouillent et
se frappent le front contre terre, au milieu de tous les
promeneurs, je n'ai jamais pu faire accepter de vin à nos
guides, même lorsque nous ne trouvions pas d'eau sur
notre chemin ; ils préféraient ne pas boire.

Pour terminer ce tableau de la vie du désert, il ne me
reste plus qu'à dire un mot de la façon dont on passse la
nuit. Les arabes sont habillés de façon à coucher n'importe où ; ils portent une grande chemise appelée
« Gandoura » qui leur tombe jusque sur les talons ;
deux ou trois burnous recouvrent la Gandoura et per-
mettent à l'individu de s'envelopper des pieds à la tête ;
ainsi protégés, ils dorment sans inconvénient à la belle
étoile. Chez eux ils n'ont qu'une simple natte placée par
terre ; aux étrangers on donne des tapis, mais ce raffine-
ment de luxe ne peut les préserver d'une myriade d'hôtes
invisibles, qui viennent pendant la nuit, leur faire payer
un cuisant tribut. J'ai rarement pu dormir sur ces lits
somptueux.

Supposez maintenant que cette race si bien douée soit
fanatisée par un chef en renom, excitée par des émis-
saires qui lui disent que ses maîtres sont incapables de
se défendre, que Mahomet fera des miracles pour le
triomphe de leur cause et que ceux qui mourront en
combattant les « Roumis » obtiendront en échange une
vie pleine de plaisirs et de bonheur ; ils n'auront qu'à
plier leurs tentes, expédier en lieu sûr femmes, enfants,
troupeaux et richesses pour être tout prêts à entrer en
campagne. Ils montent à cheval et marchent à l'aise,
tandis que leurs adversaires, accablés par la chaleur et
les maladies, traînent à leur suite un convoi qui paralyse
tous leurs mouvements. C'est comme si vous faisiez
concourir deux cavaliers harnachés l'un comme un preux
chevalier s'en allant à la croisade, l'autre comme un de
nos légers chasseurs d'Afrique. Ce dernier aurait fait dix

fois le tour de son adversaire avant que celui-ci eût pu
se mettre en mouvement. On me dira peut-être qu'il
suffirait de compenser tous ces désavantages par le
nombre et la perfection des armes ; oui, ce serait un
moyen s'il ne fallait pas compter avec le convoi. Le
nombre des chameaux et des mulets, dont on peut dis-
poser, est limité et diminue vite dans le cours d'une
campagne ; d'un autre côté le convoi prend des propor-
tions gigantesques lorsqu'il faut emporter non-seulement
les vivres et les munitions, mais l'eau et le bois nécessaires pendant plusieurs jours. D'un autre côté, il ne
faut espérer les rencontrer en grandes masses, dans des
circonstances qui nous permettront de profiter de la
supériorité de nos armes ; ils seront toujours par petits
groupes se dérobant chaque fois qu'on croira les tenir.
Pour les combattre efficacement, il faut les pourchasser
jour et nuit sans trêve ni merci, de façon à les empêcher
de se ravitailler et de se reposer ; les enfants, les
vieillards et les blessés ne résisteront pas à tant de privations ; les chevaux et les mulets crèveront et la tribu
se rendra faute de combattants. Mais pour faire ce métier
là, il faut de vieilles troupes, habituées au climat, aux
privations et aux fatigues ; c'est une armée de cette
trempe qui a fait la conquête de l'algérie et qui a réprimé
si rapidement les nombreuses révoltes dont ce pays a
été le théâtre.

Les chefs arabes ont les titres de cheikh, khalifat,
caïd, agha et bachagha, ils sont nommés par le gouvernement et ordinairement choisis parmi les descendants
de familles nobles et illustres. A côté de ceux-ci il y a
une autre autorité bien plus forte, c'est celle des marabouts. Ces hommes n'ont aucun caractère sacerdotal,
mais par leur austère piété et leur vertu ils se sont fait
une réputation de sainteté et de puissance surnaturelle ;
à leur mort ce prestige passe à l'un des fils héritier des
vertus et de la science de leur père ; bientôt une « Kouba »
s'élève sur leur tombeau qui devient un lieu de pélerinage et un centre de fanatisme musulman.

J'ai fait une visite au grand marabout de Tolga, l'un

des plus célèbres de l'algérie et dont l'influence s'étend jusqu'en Tunisie. Il tient son autorité et sa réputation de son père tué il y a une quarantaine d'années, en prêchant la paix pendant le siége que l'oasis soutint contre Abd-el-Kader. Il fut vénéré comme un saint et son tombeau est devenu un lieu de pélerinage ; son petit-fils vint à cheval me chercher à Lichana pour me conduire à Tolga. Mon compagnon est un beau garçon de 20 à 25 ans, tout habillé de blanc à la mode des arabes de distinction et montant admirablement à cheval ; il tenait du reste a me le faire voir, car il partit au galop à travers les petites ruelles, tournant dans les mille circuits avec une dextérité remarquable et me dépassant de si loin, que parfois je ne voyais plus que le bout de son capuchon, tressaillir comme une pointe de casque à mèche au milieu des palmiers. Pour ne pas me perdre et ne pas passer pour le dernier des chiens de Roumis, je donnai carrière à mon étalon qui s'élança sur les traces de son fougueux compagnon franchissant les fossés, évitant les trous, suivant les zigzags du chemin comme un éclair qui court d'un bout du ciel à l'autre. Une fois dans la plaine, mon guide ayant fait assez de fantasia modéra son allure et nous chevauchâmes en silence : tous ceux que nous rencontrions sur notre passage venaient baiser respectueusement la main du jeune homme, qui se laissait faire avec dignité.

En entrant dans l'oasis, il se forma bientôt un cortège de curieux, qui n'avaient jamais vu de si près un Roumi ; ils connaissaient bien les officiers du bureau arabe, mais un civil, ils n'en voyaient pas souvent et ils parurent très-étonnés que le fils de leur marabout daignât se commettre avec un infime « mercanti » comme ils nous appellent. Dès que nous arrivâmes près de sa maison, le marabout sortit de chez lui pour faire quelques pas à notre rencontre ; dès qu'il parut dans la rue, tout le monde, jeunes et vieux se précipitèrent pour baiser le bord de ses habits avec un respect inimaginable. Il m'invita à mettre pied à terre et me fit traverser une voûte très-basse, passant sous les bâtiments et menant dans une cour intérieure. Là sous une coupole massive repose le corps du saint, tué à la guerre en prêchant la paix ; soixante-dix jeunes gens venus de toutes les parties de la Tunisie et de l'Algérie sont accroupis le long des murs et récitent le Coran à grands cris. C'est une zaouïa, espèce de collége, où ils apprennent la loi du prophète et d'où ils sortent avec le titre de Thaleb ; le marabout les nourrit ainsi qu'une foule de pauvres, avec le produit des aumônes et des legs qu'il reçoit des pélerins. Dans l'après-midi, le marabout se promène dans les rues, interroge les passants, leur demande s'ils ont déjeûné ; si non, ils les emmène chez lui ainsi que tous les voyageurs sans asile et leur offre à dîner. La zaouïa est donc à la fois une mosquée, une école, un lieu d'asile, un hôpital, une hôtellerie, un office de publicité, une bibliothèque et le centre d'influence d'un ordre religieux. Après m'avoir offert du café, il envoya chercher une paire de babouches en me priant de les recevoir en souvenir de ma visite ; j'ai rapporté encore un chapelet que les arabes portent suspendu au cou et dont ils font glisser les grains entre le pouce et l'index en invoquant le nom d'Allah.

De Tolga nous revînmes par Zaatcha, dont les ruines rappellent le terrible châtiment que cette oasis s'attira par la révolte : les hommes se firent presque tous tuer en défendant leur village, les femmes et les enfants furent dispersés dans les oasis voisines, les palmiers furent coupés et toutes les habitations rasées. Notre intention était de coucher à Lichana chez le Khalifat ; pour annoncer notre arrivée, un gamin fut dépêché ventre à terre sur un malheureux petit mulet, qui se demandait sans doute en l'honneur de quel saint nouveau son cavalier lui enfonçait les côtes à grands coups de talon. Une heure après nous fîmes notre entrée dans les ruelles tortueuses de Lichana, accueillis par des enfants nus qui à notre approche s'enfuyaient en poussant des hurlements et par de vieux arabes, plaqués comme des ombres contre les murailles ou assis devant leurs portes en fumant gravement une cigarette. Le Khalifat était dans sa cour, environnés de solliciteurs et tenait audience avec la gravité d'un juge sur le point de prononcer une sentence capitale. Auprès de lui, son secrétaire accroupi, écrivait sur ses genoux avec le kelem qu'il trempait dans un encrier portatif en argent, faisant partie d'un nécessaire d'écrivain, passé à sa ceinture ; il traçait les caractères très régulièrement de droite à gauche comme les juifs. L'harmonie de cette scène locale fut un instant troublée par notre arrivée ; le Khalifat nous fit entrer dans un rez-de-chaussée garni à hauteur d'appui de briques vernissées et dont le pavé est recouvert de beaux tapis aux couleurs éclatantes, nous en passâmes l'inspection pendant que le Khalifat expédiait le reste de ses plaignants. — « Mon cher, nous voici dans un palais princier, me dit M. Bossion ; à vrai dire, il n'en coûte pas beaucoup de se meubler ici : des tapis, des coussins, des pipes et c'est tout ; pas l'ombre de fauteuil ou de tabouret.

Bientôt nous eûmes l'agréable surprise de voir sortir des cuisines, une procession de serviteurs portant avec dignité une série de plats de différentes dimensions. En tête le kouskoussou, monté en gigantesque pyramide dans une coupe en bois tourné ; après, une marmite en terre cuite, soutenue des deux mains avec précaution, à moitié remplie de jus fumant de viande et saupoudrée de felfel, le condément obligatoire du kouskoussou, puis dans un plat, de la viande de mouton nageant dans une sauce aux dattes ; des pâtes lourdes, des beignets au miel, des friandises, et enfin un dernier serviteur qui ne portait rien... ou plutôt qui feignait de ne rien porter, car en réalité il cachait sous son burnous un objet revêtu de paille, qu'il dissimulait avec un soin comique. — « Le Kalif fait bien les choses, dis-je en me frottant les mains de satisfaction. A table, Bossion, à table. » Nous nous mîmes à la suite de ce convoi à la Malbrough, pour pénétrer dans la salle à manger. Là, sur un foulard en soie rouge étendu sur le tapis et spécialement destiné à servir de nappe, figurait le majestueux plat de kouskoussou, tenant au milieu de la table la place de la corbeille de fleurs traditionnelle. Tout autour s'étalaient viandes,

hâchis, dattes, pâtes pimentées, beignets, lait de chamelle aigri, etc. ; placé comme une surprise de 1ᵉʳ avril,
l'objet si mystérieusement dissimulé par le nègre, repo-
sait couché sur les bords de la nappe. M. Bossion n'étant
pas encore fait aux usages arabes, les moindres détails
excitaient sa curiosité ; il passa une revue détaillée du
menu qu'on lui présentait ainsi en un seul service, huma
un plat, puis un autre, éternua deux ou trois fois à l'odeur
du felfel et s'arrêta définitivement à considérer l'objet
mystérieux. — « Que diable cela peut-il être, fit-il, des
friandises rares, des confitures de feuilles de roses pré-
parées par les femmes du chef, des conserves venues du
Soudan, que sais-je, moi ? » Il redressa prudemment
l'objet de ses deux mains et un glouglou significatif le fit
sortir de son incertitude, il déroula le chiffon qui servait
à le dissimuler, retira une enveloppe de paille, puis
parut un voile de papier rose, le dernier masque d'une
fine bordelaise à coiffe argentée, portant cette étiquette :
Château-Laffite. Le serviteur qui ne portait rien, détourna
la tête d'un air contrit en demandant pardon à Mahomet.
« — Peste ! m'écriai-je, après avoir reconnu la bouteille,
nous ne sommes donc plus dans le Sahara ? Cette maison
est un palais de fée ! » Bossion, pour toute réponse se
borna à enlever le bouchon, qu'il flaira après l'avoir
pressé dans ses doigts en vrai connaisseur ; l'examen lui
avait paru satisfaisant, car il reposa la bouteille sur la
nappe avec le plus grand soin.

Il n'en fallut pas d'avantage pour égayer le diner et le
faire apprécier ; mais pour éteindre le feu de ce felfel
endiablé, on dut bien se résoudre à boire de l'eau sau-
mâtre et même du lait de chamelle, — je parle pour
M. Bossion, car jamais je n'ai pu me résoudre à avaler
ce lait, — cela ne nous empêcha pas de souffler, la bouche
ouverte pendant un quart d'heure, pour rafraîchir cette
cautérisation. Les débris de notre festin très-présentables
encore, sauf la bouteille, passèrent à notre escorte et
aux gens que le maître de maison avait engagés à diner.
Ils s'assirent tous en rond autour de la nappe, le
Khalifat planta dans le kouskoussou une cuiller en bois,

le premier des convives prit une bouchée, puis passa l'instrument à son voisin qui s'en servit de la même façon, et ainsi la cuiller fit le tour de la table ; on continua de la même manière jusqu'à ce que chacun eût creusé devant lui un trou en rapport avec son appétit. Pour se désaltérer, nos convives se passèrent à la fin du repas de l'eau trouble contenue dans un vase en écorce de palmier, en la faisant circuler à la ronde. Les mets y passèrent tous jusqu'au dernier ; car l'arabe, très sobre par nécessité, ne manque jamais de mettre à profit l'occasion de faire un bon repas quand on le lui offre. Son estomac élastique sait se contenter de quelques dattes ou absorber en une seule fois des provisions pour huit jours.

Pendant que mon ami regardait les arabes plonger leurs doigts dans tous les plats, et qu'il s'amusait à suivre les péripéties de ce repas patriarcal, j'allai faire préparer nos lits au salon et donner des ordres à nos cavaliers pour le départ qui devait avoir lieu le lendemain à 5 heures. L'arabe n'aime pas à se lever avant le soleil ; aussi, lorsqu'on veut se mettre en route un peu de bonne heure, faut-il se réveiller soi-même et mettre le branle bas parmi les gens, en faisant une généreuse distribution de coups de cravache ; peu à peu quand ils voient que c'est sérieux, ils se décident à se lever et à préparer les chevaux. Cependant le vieux serviteur du Khalifat, qui avait été pendant 25 ans aux spahis, se rappelait le temps où il était l'heureux ordonnance du chef d'un bureau arabe ; ses fonctions les plus importantes étaient celles de réveil-matin, lorsque son maître faisait la tournée de son cercle. Pour nous obliger, il eut la délicate attention de se rappeler son ancienne dignité et la nuit était encore noire lorsque, après avoir consulté les étoiles, il heurte à notre porte. La journée devait être longue et rude, il convenait de partir avant le jour. La route qui traverse l'oasis se dessinait à peine à la lueur des étoiles qui pâlissaient, et il fallait de grandes précautions pour ne pas tomber dans les innombrables fossés qui conduisent l'eau d'un jardin dans l'autre.

Bientôt l'aube permit de distinguer l'espace sans

limites dans lequel nous nous avancions ; sur la gauche seulement l'horizon restait circonscrit par un rideau, noirâtre encore à cette heure matinale et formé par les ramifications de l'Aurès. Toute trace de chemin frayé avait disparu, on n'apercevait pas un seul être humain qui troublât la solitude, et nous pouvions nous croire les maîtres du désert ; rien pour gêner l'indépendance, pas de prohibitions, pas de clôtures, pas d'obsessions indiscrètes. C'est un charme inexprimable que l'on goûte, à moins d'être dominé par la tristesse du tableau, car en présence de cette immensité, l'homme paraît d'une infinie petitesse et après le premier enthousiasme on est contraint de rentrer en soi-même ; on se demande comment la gloire humaine parvient quelques fois à remplir tant d'espace ! C'est surtout lorsque le soleil blanchit cette solitude immense, que l'effet de l'horizon sans limites est saisisssant ; le sol, tantôt sablonneux, tantôt uni et ferme est absolument dépourvu de végétation ; il faut s'étonner que les indigènes parviennent à se conduire sans boussole, car il n'est pas moins aisé de traverser l'Océan que de conserver une direction exacte à travers cet espace uniforme.

Vers 3 heures du soir, nous arrivions à Ourlal avec l'intention d'y passer la nuit, pour aller le lendemain à Sidi Okba, la capitale religieuse des Zibans.

Sidi Okba porte le nom d'un grand guerrier du VIIe siècle qui, venu avec une armée du fond de la Numidie, fit la conquête de tout le pays ; à son retour, il mit le siège devant l'oasis qui porte aujourd'hui son nom, fut tué dans la bataille qu'il livra aux indigènes et enterré à l'endroit où il était tombé. Bientôt on en fit un grand saint, et au commencement du VIIIe siècle on construisit sur son tombeau une magnifique mosquée, qui existe encore ; c'est le chef-d'œuvre de l'art mauresque à cette époque. Une grande voûte, soutenue par une infinité de piliers, forme une salle carrée où, devant un mur couvert de draps précieux, les pèlerins s'agenouillent pour rendre hommage au saint ; ils y apportent des présents, suspendent des œufs d'autruche à la voûte et s'en retournent fortifiés dans leur fanatisme. Tout autour du sanctuaire il y a des bas côtés dans le même style, mais extérieurs à la mosquée proprement dite et ressemblant à d'immenses vestibules. Le minaret s'élève en pointe avec une légèreté remarquable, et se termine par une plate forme où deux personnes à peine peuvent se tenir. Du haut de cette tour, la vue embrasse une étendue de terrain incroyable ; à vos pieds les maisons de l'oasis, serrées les unes contre les autres, ressemblent à une ruine en ne laissant voir que leurs plates formes trouées, des femmes vont et viennent là-dessus, étendent des lambeaux de linge et font sécher au soleil des peaux d'animaux ; tout autour, les palmiers tracent un cercle de verdure, vers le nord et l'ouest, on voit plusieurs taches noires qui sont des oasis, mais vers le sud, c'est l'immensité du désert avec toute sa sauvage nudité.

La ville sainte de Kairouan date aussi du VIIe siècle et fut fondée par un Sidi Okba qui était un grand guerrier ; peut-être est-ce le même qui vint jusque dans cette partie de l'Algérie mourir devant cette oasis.

En regardant vers le sud on devine le bassin du Chott Mel Righ qui est à 27 mètres environ au-dessous du niveau de la mer. Là, vient aboutir la dépression qui termine à l'est la terrasse du Sahara Algérien ; elle est suivie par deux fleuves qui se perdent dans les sables ou coulent sous terre ; à l'est du Chott Mel Righ, les dépressions se prolongent par d'autres Chotts (El Djerid, Faraoun, etc.) jusqu'au golfe de Gabès. On a proposé de percer le cordon littoral qui les sépare, de manière à . permettre aux eaux de la Méditerranée de se répandre dans toutes ces dépressions. Des études ont été faites par le commandant Roudaire qui croit, d'après des traditions locales et des textes anciens, pouvoir identifier la succession des Chotts avec le golfe Triton des géographes de l'antiquité, de Ptolemé entre autres.

Ce sera peut-être le meilleur moyen de pacifier le sud de la Tunisie, on fermerait ainsi l'entrée du désert aux rebelles qui ne pourraient plus s'y réfugier en se dérobant toujours à nos colonnes. Ce projet, après avoir soulevé

de nombreuses controverses, trouvera peut-être de nouveaux défenseurs, à la suite de l'occupation de cette
région par nos troupes.

Sidi Okba n'est qu'à une quinzaine de kilomètres de
Biskra, une piste bien fréquentée sert de chemin et
montre qu'on se rapproche du monde civilisé. Cet essai
de la vie du désert est sans doute plein de charmes,
mais on n'en est pas moins aise de revenir aux habi-
tudes Européennes, et j'éprouvai un sensible plaisir à
revoir Mme Médan sur le seuil de son hôtel ; notre petite
chambre nous parut élégante et le lit, une invention
tout à fait remarquable.

La *great attraction* de Biskra est le quartier des Ouled
Naïl ; dès que la nuit est venue et que l'oasis est plon-
gée dans une obscurité complète, à cette heure où tous
les chats commencent à être gris, les rues étroites de ce
quartier sont pressées d'ombres blanches qui, d'un pas
furtif glissent le long des murs et disparaissent derrière
une porte basse. Conduits par notre interprète nous sui-
vons le courant et nous voici dans une salle assez vaste
dont le plafond, supporté par des troncs de palmiers,
peut se toucher de la main et éclairée par un unique
quinquet qui a toujours l'air de vouloir s'éteindre. Les
arabes rangés le long des murs, sont accroupis par terre
ou sur des banquettes en amphithéâtre, leurs babouches
placées devant eux ; sur une petite estrade se trouve un
orchestre indigène qui joue un air monotone et peu har-
monieux ; un espace libre est réservé au milieu de la
pièce. Là, deux ou trois jeunes filles attendent que la
salle soit garnie ; elles ont quitté leurs voiles ; leurs bras
nus sont chargés de lourds bracelets ; une gondourah
d'étoffe légère flotte sur leur poitrine, au large turban
qui leur couvre la tête, pendent des chapelets de perles,
des verres de couleur et des bibelots de mille sorte ;
elles paraissent sommeiller aux sons de cette musique.
Peu à peu celle-ci s'accentue, le tambour de basque
exécute des solos qui imitent le tonnerre à l'approche
d'un orage, un roseau converti en flûte pousse des
sifflements aigus, pendant qu'un autre instrument qui

rappelle vaguement une mandoline, grince avec fureur
sous les doigts crispés de l'artiste. Cependant l'une des
femmes s'est levée, paraissant se recueillir comme pour
attendre l'inspiration ; puis, rejetant la tête en arrière,
elle promène sur la salle un long regard langoureux et
commence une série de poses graves ou lascives, suivant
le rhythme de la musique en parcourant lentement sur
la pointe des pieds l'espace laissé libre au milieu de la
salle. Elle arrondit avec grâce les bras au dessus de la
tête, se cambre avec une souplesse extraordinaire, tantôt
feignant de résister à des poursuites passionnées, tantôt
provoquant elle-même la passion, excitant ainsi l'imagination des spectateurs jusqu'à les entraîner à sa suite.
Les musiciens eux-mêmes ressentent l'effet produit sur
les spectateurs, on les voit s'animer, se trémousser, s'agi-
ter convulsivement pour souffler plus fort ou jouer plus
vite ; c'est un charivari assourdissant mais qui ne
manque pas de vous impressionner, on éprouve des sen-
sations inconnues et l'on est saisi malgré soi. Bientôt la
danseuse semble céder, puis, épuisée, elle tombe dans les
bras de celui qui se trouve derrière elle.

Les plus célèbres de ces Ouled ne se produisent pas
ainsi ; elles reçoivent chez elles ; il faut grimper au haut
d'un petit escalier tortueux et sombre, dont les marches
inégales vous font trébucher à chaque pas, pour arriver
enfin dans une petite chambre couverte de tapis et pleine
de tous les parfums de l'Orient. Je dis parfums, parce que
notre guide appelait ainsi une forte odeur de musc, d'en-
cens et de mille autres choses sans nom qui vous saisit à
la gorge et vous empêche de respirer. La maîtresse du
lieu, assise sur le tapis, disparaît sous les bijoux qui la
couvrent de la tête aux pieds comme une idole chinoise,
elle ne parle que du bout des lèvres et reçoit avec convic-
tion les compliments dus à sa beauté et à sa richesse. La
plupart de ces filles du désert viennent de la tribu des
Ouled-Naïl ; elles s'enrichissent peu à peu, puis, après
avoir réalisé leurs bijoux, font un pèlerinage à la Mecque
pour s'y purifier et reviennent ensuite se marier dans
leur tribu. C'est un peu cette circonstance jointe au com-

merce avec les européens qui a valu à Biskra, la réputation d'une ville de perdition ; le vieil arabe ne la traverse
qu'en se voilant la face et lorsqu'il en sort, il secoue
soigneusement la poussière de ses souliers ; le père qui
du fond du Sahara envoie son fils conduire une caravane
à Biskra, lui fait les mêmes recommandations que chez
nous l'honnête provincial qui se voit obligé de risquer
son fils à Paris.

En rentrant à l'hôtel, nous trouvons le capitaine
Trimoulet qui venait nous demander nos impressions sur
cette expédition nocturne, qu'il nous avait vivement
recommandée :

« Venez donc déjeûner avec nous demain, lui dis-je,
nous aurons plus de temps pour causer. »

— Désolé, Messieurs, nous avons précisément invité
le caïd Ben-Ganah chez lequel nous avons chassé der-
nièrement ; mais, si vous n'avez pas d'autre projet, je
viendrai vous prendre à 4 heures pour vous faire assister
à une petite représentation originale qui complètera vos
études sur la vie du désert. »

— C'est entendu, demain nous serons à vos ordres.
C'était un homme charmant que ce capitaine Trimoulet,
qui s'ingéniait à nous rendre le séjour agréable.

Le lendemain, 4 heures sonnaient au clocher de la
petite église, lorsque le capitaine entra sous le péristyle
de l'hôtel :

« Etes-vous prêts Messieurs, dit-il, en tirant son
remontoir, dernière prime du *Figaro*, les acteurs nous
attendent et pourraient s'impatienter si nous tardons
trop.

— Vous marchez comme le soleil, capitaine ; je
remarque que dans ce pays-ci il est généralement en
avance, lui répliqua Bossion qui, étant toujours en
retard, prétend que la montre des autres abat son heure
en quarante minutes. Nous traversons rapidement le jardin public et nous arrivons à la Casba où logeait le capitaine.

— Qu'allez-vous donc nous montrer ? ce n'est pas je
suppose, la lanterne magique.

— Vous êtes vraiment pressé, M. Bossion ; il n'y aura
ni lanterne magique, ni femme voilée, ni escamotage,
ni chiens savants, ni....

— Vous avez donc engagé des charlatans, interrompit
mon ami en ouvrant la porte du salon, ou bien vous vous
êtes laissé saisir par votre tapissier ?

En effet, le salon se trouvait complètement vide de
meubles, les murs seuls, tapissés de trophées d'armes
arabes, de peaux de panthères, de longs mokalas, de
sabres recourbés donnaient à cette salle l'aspect d'un
musée. Une table de bois blanc surmontée de tréteaux et
de planches était adossée contre le mur ; au-dessus figu-
raient trois chaises et un tas de petits cailloux.

— Grimpez là dessus, Messieurs, je vous offre les
places réservées, fit le capitaine, en indiquant l'échafaudage de la main.

— C'est pour nous demander une conférence, répli-
quai-je, ou pour jouer du cornet à pistons !

Et tout en assaisonnant de plaisanteries cette escalade
nous nous installâmes sur les chaises.

— Y êtes-vous, messieurs, dit notre hôte ? je vais
frapper les trois coups.

A ce moment, une main lança dans la salle deux sacs
de laine de différente grandeur et la porte se referma
avec précipitation. Les sacs s'agitaient convulsivement.
Du plus long se dégagea une tête jaune, allongée,
aplatie, suivie de deux pattes courtes et palmées, puis
d'un corps effilé, brun clair, recouvert d'écailles circu-
laires, enfin deux autres pattes attachées, comme les
premières, tout près du corps et une longue queue anne-
lée s'amincissant en pointe. Cet animal mesurait environ
quatre-vingts centimètres et ressemblait à un petit
crocodile.

En même temps du second sac, un hideux reptile à
tête grisâtre armée de deux cornes, s'était glissé en
rampant hors de sa prison et, à moitié sorti, l'œil en
feu, dardait une langue fendue, terminée comme deux
aiguilles. Il restait immobile, saisi à la vue de tant d'en-

nemis, ne sachant encore parmi tous ceux qui l'entouraient, lequel il aurait à attaquer le premier.

Le grand lézard du désert, *El Ouran* et la terrible vipère cornue, *El Lefaa,* se trouvaient en présence. Pour nous, nous gardions le silence, très préoccupés de ce qui allait se passer. Il serait impossible de déterminer le temps que les deux adversaires auraient mis à se défier à distance, si le capitaine, saisissant un petit caillou, ne l'eût jeté au grand lézard. Celui-ci faisait claquer sa longue mâchoire qui rendait un son sec comme deux os qu'on frapperait l'un sur l'autre. Troublé tout à coup dans cette opération inoffensive, il courut sur la vipère, et, en la voyant levée sur elle-même, la tête haute prête à s'élancer, il s'arrêta court. Un nouveau caillou l'atteignit. Cette fois, impatienté, il se précipita sur son ennemie, la gueule béante, montrant deux rangées de dents semblables à des lames de scie ; mais au moment d'être atteinte et coupée en deux, la vipère se détendit avec la violence d'un ressort, franchit le lézard d'un bond prodigieux et passa si près du haut de l'estrade, qu'un frisson glacial, impossible à maîtriser, me parcourut des pieds à la tête. Malgré notre élévation nous n'étions pas en sûreté ; mais que faire ? quitter la place ? il ne fallait pas y songer. Grimper sur les sièges ? notre tête touchait le plafond et nous courions risque de tomber au moindre mouvement. Tous trois nous nous étions levés instinctivement, pour placer les chaises devant nous et arracher des panoplies à notre portée, le capitaine un yatagan, M. Rossion un cimeterre de Damas et moi une lame d'épée ; ainsi armés nous attendîmes l'issue du combat. Juchés sur cette estrade dans une situation critique, nous n'avions aucune envie de rire ; cependant l'entrain du capitaine finit par reprendre le dessus.

— Messieurs, s'écria-t-il, nous voici à une petite fête qui m'a l'air de faire pâlir les combats de coqs ; vous ne vous attendiez pas à cette représentation ? Un sifflement aigu de la vipère lui coupa net la parole ; en même temps elle rampait sinueusement, cherchant à attaquer le lézard sur le côté ; tout à coup, à peine s'était-elle enroulée sur elle-même, que, lancée comme une flèche, elle retombait sur lui ; sa dent envenimée avait manqué le point vulnérable et s'émoussait en vain sur les écailles. A partir de cet instant, la colère du lézard fut changée en rage, Il se précipitait par saccades, ses pattes roulaient sur le plancher comme s'il patinait au Skating ; il se ruait sur la vipère, de ça de là, partout où elle touchait le sol, ne lui laissant pas le moindre répit. Celle-ci, pour évivter la terrible mâchoire, bondissait à droite, à gauche, sifflant, se tordant, décrivant dans l'espace des séries de sinuosités comme un éclair qui traverse le ciel, irritée de plus en plus de cette attaque furieuse. C'était un spectacle hideux et terrible à la fois, un combat de pygmées devenus des géants par le courage.

Cependant l'Ouran commençait à se lasser ; son flanc s'agitait oppressé par de violentes palpitations ; il dardait sa langue, comme pour s'apprêter à savourer le sang de son ennemie. Il y eut une seconde de calme qui parut longue d'une heure tant la scène était devenue émouvante ; puis le lézard, mesurant sa distance, fondit d'un élan désespéré sur la vipère, mais de nouveau trompé par un mouvement de son adversaire, qui avait su placer un pied de la table entre elle et lui, il s'y heurta si violemment que son corps fut rejeté sur le côté. Ce court instant avait suffi à la vipère : prompte comme l'éclair, ses anneaux s'étaient détendus et cette fois sa dent mordait le flanc du lézard, à l'endroit où l'écaille ne le protège pas.

Une goutte de sang jaillit et laissa par terre une mince traînée rouge. Atteint mortellement, le courageux Ouran réunit toutes ses forces dans une suprême tentative ; il reprit sa course furibonde, incessante, se heurtant, fouettant les murailles de sa longue queue.

La vipère, fatiguée à son tour par ces attaques réitérées, était affolée ; elle ne rampait plus, elle volait en sifflant son cri de détresse, ressautant comme un caoutchouc ensorcelé lorsqu'elle effleurait le sol. Une fois encore, elle réussit à tomber sur le lézard et lui fit une nouvelle blessure, alors celui-ci se retourna si brusquement qu'il atteignit la vipère du fouet de sa queue et l'envoya rouler contre la muraille. Etourdie, elle cherchait à se replier, quand la mâchoire de l'Ouran se referma sur elle avec fureur, faisant voler loin du tronc les derniers anneaux de son' corps.

La vipère payait cher sa première victoire, à son tour elle était vaincue; haineuse jusqu'au dernier soupir, elle tenta de se redresser et de menacer encore; mais de nouveau la gueule de l'Ouran s'abattit et en fit deux autres tronçons fretillants, sanguinolents, se tordant sur eux-mêmes dans de hideuses convulsions.

Le grand lézard vivait toujours ; il regardait fièrement les débris de son ennemie et savourait sa vengeance ; l'exaltation de la lutte avait engourdi ses douleurs ; bientôt son corps s'enfla et ses membres paralysés ne purent plus se mouvoir. Sa gueule s'ouvrait démesurément ; on aurait cru que l'air lui manquait ou que la souffrance lui arrachait une plainte qu'il ne pouvait exprimer ; peu à peu, il s'affaissa, secoué par les spasmes de l'agonie ; l'œil s'éteignit en prenant un reflet vitreux et lentement sa paupière jaune se ferma.

Mes deux compagnons me parurent haletants et passablement pâles ; je ne sais quelle figure je faisais moimême, n'ayant pas de glace devant les yeux, mais je sais que mon cœur battait plus violemment qu'à l'ordinaire. D'un bond nous fûmes en bas de notre échafaudage.

Par Mahomet! exclama Bossion, en déposant dans un coin son cimeterre ; c'est une singulière représentation que vous nous avez donnée la, capitaine ; ces bêtes m'ont remué jusqu'à la pointe des pieds.

— Un instant j'aurai préféré avoir à faire à Bou-Amema, répliqua le capitaine ; il serait stupide de mourir de la morsure d'un serpent.

Pour moi, j'avais hâte de quitter ce champ de bataille, car je n'aime pas beaucoup les émotions ; dans la salle voisine, je trouvai quelques rafraîchissements installés sur la table, et je m'octroyai un grog avec triple ration de cognac pour remettre en place mes esprits agités.

— A la bonne heure, j'aime cela, M. de Nemo, fit le

capitaine, vous ne refusez plus mes rafraîchissements ; quand je vous disais que vous finiriez ici par faire comme tout le monde.... Tout en parlant ainsi, il se versait avec mille précautions, un peu d'eau dans beaucoup d'absinthe et en avala une bonne gorgée ; il appelait cela étouffer un perroquet. Il parait que c'est la faute du climat, mais de fait je n'ai vu nulle part, pas même à Couvet, c'est là qu'est la fabrique de Pernaud, une consommation d'absinthe comme en Afrique ; tout le monde en boit : les femmes, les enfants, le soldat et le pékin, l'ouvrier comme le gommeux ; même les arabes (ceux qui connaissent les bienfaits de la civilisation bien entendu). Celui qui n'aime pas les « perroquets » est regardé comme un animal exotique qui a besoin de s'acclimater en Afrique. C'est pourquoi le brave capitaine était tout heureux de me voir rompre avec mes principes, que depuis longtemps il raillait.

Ainsi vous êtes satisfaits de mon spectacle, continua-t-il, j'en suis enchanté ; il vous reste encore à faire connaissance avec la tarentule et le scorpion, bien que ces sujets soient rares à cette époque, on pourrait....

Merci, merci, interrompit mon ami, j'en ai beaucoup entendu parler, cela me suffit.

Il se rappelait sans doute les histoires que les habitants désœuvrés de Batna nous racontaient pendant notre séjour forcé dans ce port de mer. Nous prîmes congé du capitaine en le priant de venir dîner avec nous le soir. Nous nous proposions de faire nos adieux à tous ceux qui nous avaient accueillis si cordialement et qui avaient lutté de courtoisie pour nous rendre agréable le séjour de Biskra et de l'Algérie. Je leur renouvelle ici mes remerciements et en particulier à MM. de Latour, Jullien et Kreutzer.

Le Retour.

Malgré notre ardeur à remplir les journées le mieux possible, il nous restait encore bien des choses à voir quand mes vacances arrivèrent à leur fin et qu'il fallut songer au retour. Je me séparai de M. Bossion qui, moins pressé que moi, prit la direction d'Alger pour rentrer à Paris en passant par l'Espagne ; de mon côté, je repris la direction de Philippeville ; mais au lieu de suivre le chemin habituel par El-Kantara, je résolus de traverser le massif montagneux de l'Aurès qui sépare au nord le Sahara de la région du Tell ; cet itinéraire est bien moins connu et reserve au voyageur plus de surprises et plus d'imprévu ; ne recevant pas de fréquentes visites, les populations qu'on rencontre ont mieux conservé leur rudesse primitive et leur cachet original ; enfin le paysage change entièrement d'aspect. Ce sont là autant de raisons qui doivent déterminer le touriste à préférer cet itinéraire à la route ordinaire.

Qu'on se figure une chaine de montagnes deux fois plus élevée que le Jura, mais au lieu de cette belle verdure, de ces forêts de chênes et de sapins dont la variété de teintes fait l'effet d'une magique tapisserie des Gobelins, il n'y a ici que des rochers nus, une terre aride et désolée comme si un souffle maudit y avait passé. On ne voit pas de gracieuses cascades comme le Saut du Doubs, de jolis cours d'eau comme celui qui serpente dans la vallée pittoresque d'Ornans ; tout n'est que solitude, désolation et tristesse. En été, le soleil y est écrasant, en hiver, c'est le froid et la neige que l'on trouve ; aussi n'a-t-on pas à craindre ici le lion et la panthère qui risqueraient d'y mourir de faim et de misère. Au sommet de cette chaîne, dont quelques cimes atteigent de 2.300 à 2.500 mètres, la vue est surprenante : au sud le désert sans fin dont les sables soulevés par le vent ressemblent à des colonnes de fumée qui s'élèvent vers le ciel ; au nord des montagnes à perte de vue qu'il me faudra traverser. Tout près de moi un petit ruisseau, soigneusement canalisé, donne de la fertilité aux terres sur une étendue de quelques kilomètres carrés ; c'est là que vit la tribu des Beni-Ferrahs. Le village est situé sur des rochers à pic, les rues sont de véritables escaliers qui montent et qui descendent par pure fantaisie ; pour aller d'une maison à l'autre c'est une escalade à faire, où l'on risque de se casser le cou si l'on n'a pas une grande habitude de la montagne.

Il ne fait plus assez chaud pour le palmier, mais le noyer, l'olivier, la vigne, les abricots, les légumes, l'orge donnent aux habitants une certaine aisance dans les années pluvieuses. Malheureusement celles-ci sont trop rares et la misère est le lot habituel de ces pauvres gens. Cependant, en continuant de marcher vers le nord, on voit la végétation reparaître peu à peu sous forme d'arbustes rabougris et de maigres buissons.

Comme moyen de locomotion, il faut renoncer au cheval et prendre une monture plus modeste ; ce n'est plus le fringant équipage avec lequel dans le sud nous faisions une entrée pompeuse dans les oasis, en prenant des airs de roumis de condition. Un mulet tellement petit qu'on le prendrait volontiers pour un âne, vous transporte sur son dos recouvert seulement d'un sac en étoffe rugueuse ; un arabe maigre et décharné qui, en guise de burnous, n'a plus que des haillons, trotte derrière la bête et la stimule par des coups de langue secs inimitables ; dans les passages difficiles il se suspend à la queue du baudet et se fait remorquer en poussant force gémissements.

La tribu qu'on rencontre ensuite, est celle des Beni-Maafa, qu'on atteint après une demi journée de marche ; ce sont les gens les plus pauvres que j'aie rencontrés, ils ne possèdent qu'un ravin profond avec un petit ruisseau qui n'a d'eau que pendant quatre ou cinq kilomètres. Le village est situé au dessus et il faut aux habitants près d'une demi heure pour chercher de l'eau ; ce sont généralement les femmes qui sont chargées de ce travail ; on les voit, une peau de bouc sur le dos, gravir avec peine les pentes rapides du sentier ; elles s'arrêtent à chaque détour pour respirer, en appuyant leur outre contre un rocher. Les champs qui occupent les flancs du ravin sont disposés par étages les uns au dessus des autres, comme les vignes de l'Hermitage avant le Phylloxéra. De l'autre côté du ravin, à un kilomètre à vol d'oiseau et à une heure de marche, se trouve un autre village qui a été de tous temps en rivalité avec le premier. De hautes tours sur-

montent encore le mur d'enceinte, plusieurs bastions en
ruine sont échelonnés sur la rive droite du ravin, en face
du village de Maafa ; elles servaient d'observatoire d'où
les sentinelles épiaient l'ennemi d'en face et donnaient
l'alarme dès qu'il sortait de son village. Ces guerres en
étaient arrivées au point que personne ne sortait plus de
jour, et que les travaux des champs se faisaient la nuit.
Depuis notre conquête, ces rivalités ont cessé et tout le
monde vit en paix, cultivant les maigres champs suspen-
dus sur les flancs du ravin. Cependant je me demande si
cette réconciliation est bien réelle, et si tous les vieux
griefs sont vraiment oubliés ; en allant visiter ce village,
accompagné par le fils du cheikh de Maafa, je fus loin de
trouver des visages sympathiques ; sur la place, un
groupe d'hommes était assemblé, l'un d'eux plaçait des
capsules sur un fusil et vérifiait la batterie ; l'impression
générale n'étant pas rassurante, j'eus hâte de retourner
à Maafa. Ici je logeais chez le cheikh qui me laissa pénétrer dans son intérieur ; sa femme (il n'était pas assez
riche pour en avoir plusieurs, le pauvre homme) et ses
filles étaient occupées dans la cour à tanner des peaux
de boucs avec du tan ; ce travail n'était pas de nature à
leur donner un air bien avenant, et me confirma encore
dans la manière peu favorable dont j'avais apprécié la
beauté des femmes arabes. Leurs bras étaient teints d'une
couleur rouge foncé, leurs vêtement jadis bleus, avaient
un lustre huileux, ce qui ne les empêchait pas d'avoir aux
pieds et aux mains quantité d'ornements. Le cheikh me
fit coucher dans sa propre chambre sur une natte placée
par terre, en compagnie d'un mouton et de deux chèvres
invalides qui y suivaient un régime ; l'indiscrétion de ces
animaux, qui passèrent la nuit à m'inspecter sur toutes
les faces et à traduire leur étonnement par des bêlements
réitérés, m'empêcha de fermer l'œil. A l'extérieur, le
village était assiégé par une armée de chacals tenus en
respect par les chiens, les défis réciproques que se
jetaient les deux camps opposés, remplissaient l'air d'un
vacarme assourdissant qui ne prit fin qu'à la pointe du
jour ; à l'intérieur, j'eus moi-même à soutenir un assaut

contre un milliard d'ennemis invisibles, qui me couvrirent de blessures et me laissèrent pendant plusieurs jours de cuisants souvenirs. Je comptai péniblement toutes les heures de la nuit, et dès l'aube, n'osant sortir à cause des chiens, je hélai mes hôtes du fond de ma case : ceux-ci profitèrent de ce que j'étais ainsi bloqué pour faire la grasse matinée, et force me fut d'attendre que le soleil se chargeât lui-même de les réveiller. Enfin à 7 heures je pus me mettre en route et après un voyage qui dura sans interruption jusqu'à 4 heures du soir, j'arrivai à Batna où l'on retrouve des Européens et des diligences qui vous ramènent à Constantine.

Quelque temps après je me rembarquai à Philippeville pour rentrer en France.

Ce voyage est pénible et peut-être dangereux dans certaines circonstances, mais on peut en tirer plus d'un enseignement et plus d'une pensée utile ; je laisse ce rôle à des hommes plus sages et plus expérimentés qui sauront tirer de ce récit, les conclusions qui en découlent. J'ai tâché d'en écarter toute exagération et tout entraînement d'imagination, pour présenter les faits tels qu'ils apparaissent à un voyageur qui parcourt rapidement des pays aussi peu connus.

* * *

M. ESCARY

Professeur au Prytanée Militaire

INTÉGRATION, SOUS FORME FINIE, DES FORMULES DE FRESNEL
RELATIVES A L'INTENSITÉ ET A L'ANOMALIE, DANS SA
THÉORIE DE LA DIFFRACTION DE LA LUMIÈRE

---

1. Comme on le sait, et comme l'usage l'apprend à chacun, le succès de l'intégration d'une équation, ou simplement d'une expression différentielle, dépend surtout du choix des variables que l'on introduit dans cette équation ou dans cette expression. On peut dire que la chance de succès est d'autant plus grande, que les variables que l'on choisit sont plus naturelles, ou rentrent mieux dans la nature de la question posée, envisagée sous un point de vue géométrique. Or, dans les questions ordinaires de diffraction, les variables qui, *a priori*, rentrent le plus dans la nature des choses, sont celles qui s'introduisent par l'emploi des coordonnées sphériques, et il y a lieu de soupçonner que l'usage de ces coordonnées doit simplifier l'exposition théorique de cet ordre de phénomènes. C'est effectivement ce qui arrive.

2. La formule connue de la vitesse totale envoyée par un point lumineux L *(fig. 1)* en un point quelconque B de l'éther, s'écrit, en coordonnées sphériques,

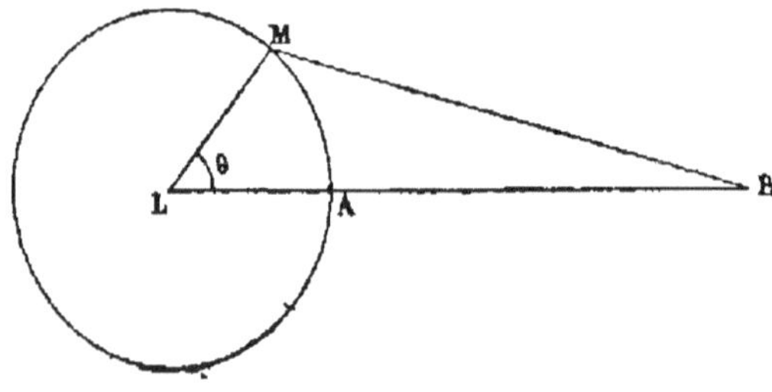

Fig. 1

$$V=\left[\int\int \frac{a\sin\theta\, d\theta\, d\psi}{\sqrt{a^2+c^2-2ac\cos\theta}}\cos 2\pi\frac{\sqrt{a^2+c^2-2ac\cos\theta}}{\lambda}\right]\sin 2\pi\frac{t}{T}$$

$$+\left[\int\int\frac{a\sin\theta\, d\theta\, d\psi}{\sqrt{a^2+c^2-2ac\cos\theta}}\sin 2\pi\frac{\sqrt{a^2+c^2-2ac\cos\theta}}{\lambda}\right]\sin 2\pi\left(\frac{t}{T}-\frac{1}{4}\right).^{(*)}$$

où c désigne la distance LB, a le rayon LM et θ l'angle MLB.

Dans cette équation particulière à la diffraction, a est une constante : c'est la distance de la source lumineuse L à un écran qu'on doit placer en A. θ et c sont variables ; mais au point de vue de l'intégration, et en restant dans la manière de concevoir les choses de Fresnel, θ et ψ seuls sont variables. Ce n'est qu'après que l'intégration est faite que c varie.

L'intensité lumineuse au point B est donnée par la formule

$$(\alpha)\qquad I=\left(\int\int \frac{a\sin\theta\, d\theta\, d\psi}{\sqrt{a^2+c^2-2ac\cos\theta}}\cos 2\pi\frac{\sqrt{a^2+c^2-2ac\cos\theta}}{\lambda}\right)^2$$

$$+\left(\int\int \frac{a\sin\theta\, d\theta\, d\psi}{\sqrt{a^2+c^2-2ac\cos\theta}}\sin 2\pi\frac{\sqrt{a^2+c^2-ac\cos\theta}}{\lambda}\right)^2,$$

et l'anomalie, par

$$tg\,\varphi=\frac{\displaystyle\int\int \frac{a\sin\theta\, d\theta\, d\psi}{\sqrt{a^2+c^2-2ac\cos\theta}}.\sin 2\pi\frac{\sqrt{a^2+c^2-2ac\cos\theta}}{\lambda}}{\displaystyle\int\int \frac{a\sin\theta\, d\theta\, d\psi}{\sqrt{a^2+c^2-2ac\cos\theta}}.\cos 2\pi\frac{\sqrt{a^2+c^2-2ac\cos\theta}}{\lambda}},$$

CAS DE L'ONDE ENTIÈRE

3. On sait que Fresnel fait découler toute la théorie de la diffraction, des intégrales contenues dans l'expression de I, ces intégrales étant prises, en coordonnées rectangles, entre des limites dépendantes de la forme des écrans ; et que, les cas exceptés d'une petite ouverture circulaire et d'une fente étroite, l'illustre physicien fait

(*) Voir Jamin, *Cours de Physique de l'Ecole polytechnique*, t. III, p. 550.

toujours intervenir dans les exemples qu'il choisit, ces intégrales étendues à l'infini. Dans le cas de l'onde entière, où les deux intégrations sont étendues à l'infini, Fresnel trouve $I = \dfrac{\lambda^2}{c^2}$. L'intégration de notre formule (α), effectuée entre les limites 0 et 2π, par rapport à ψ, et entre 0 et $\dfrac{\pi}{2}$ par rapport à θ, donne, dans ce même cas,

$$(\beta) \qquad I = \frac{4\lambda^2}{c^2} \sin^2 \pi\, \frac{\sqrt{c^2 + a^2} + a - c}{\lambda}.$$

Si, au lieu d'intégrer par rapport à θ entre 0 et $\dfrac{\pi}{2}$, nous intégrons entre 0 et arc $\cos \dfrac{a}{c}$, c'est-à-dire que les intégrations n'embrassent que la zone convexe déterminée par le cône circonscrit à la sphère LA, et ayant son sommet au point B, nous obtenons

$$(\beta') \qquad I = \frac{4\lambda^2}{c^2} \sin^2 \pi\, \frac{\sqrt{c^2 - a^2} + a - c}{\lambda}.$$

Dans les deux cas, nous voyons que la quantité sous le signe sinus, se présente sous la forme du produit par π, de la différence de deux nombres de longueurs d'ondulation. Nous allons rechercher sous quelles conditions ces deux formules coïncident avec celle de Fresnel.

En extrayant la racine carrée de la quantité sous-radical et bornant cette racine à son second terme, nous obtenons

$$\sqrt{c^2 + a^2} + a - c = a + \frac{a^2}{2c},$$

dans le premier cas ; et

$$\sqrt{c^2 - a^2} + a - c = a - \frac{a^2}{2c},$$

dans le second cas.

Or si, dans ces valeurs, on suppose c infiniment grand

par rapaort à a, on obtient dans les deux cas, en négligeant le terme $\dfrac{a^2}{2c}$,

$$I = \frac{4\lambda^2}{c^2} \sin^2 \pi \frac{a}{\lambda} \cdot$$

Enfin, pour $a = 2\mathrm{K}\lambda + \dfrac{\lambda}{6}$, on obtient

$$I = \frac{\lambda^2}{c^2} \cdot$$

Nos formules sont donc coïncidentes avec celle de Fresnel pour une infinité de valeurs du rayon a ; et, si elles ne le sont pas pour toutes les valeurs de a, cela tient à ce qu'elles conservent encore pour des valeurs infiniment grandes de c, une trace de ce que l'on peut appeler la donnée primitive, qui est la fonction périodique sinus.

4. On conclut de là que les intégrales de Fresnel répondent au cas de la lumière parallèle, et que de plus, leurs limites étendues à l'infini, impliquent nécessairemont l'hypothèse des ondes planes. La première de ces deux hypothèses se trouve explicitement énoncée dans les Mémoires du grand physicien, comme on peut le voir dans ses *Œuvres complètes* (T. I, p. 206 et suivantes). Quant à la seconde, elle se trouve implicitement contenue dans sa manière de mettre le problème en équation et, dans les limites de ses intégrations. Les intégrales de Fresnel représentant fidèlement les faits, comme cela résulte de l'observation, nos formules les représenteront également sous la condition que a sera très petit par rapport à c ; et l'approximation qu'elles donneront sera d'autant plus grande, que a sera plus petit par rapport à c.

Cela revient à ne considérer autour du pôle A de l'onde, qu'une très petite région qui envoie des mouvements vibratoires en un point B de l'éther. Car, les points situés à une distance sensible du pôle, envoient leurs vibrations, dans la direction AB, à une distance très grande et n'ont pas d'influence sur le mouvement vibratoire reçu par le point B qui est à une distance finie. On sait que

Fresnel démontre cette proposition en décomposant l'onde en zones élémentaires, dont les mouvements vibratoires se détruisent par interférence en arrivant au point B, et qu'il n'y a d'efficaces que ceux envoyés par une demi-zone élémentaire située autour du pôle A. Sous la condition que a est très petit par rapport à c, nous tirons de la première valeur de l'intensité I, les conséquences suivantes :

1° L'intensité I est nulle pour

$$\sqrt{c^2+a^2}+a-c=2n\frac{\lambda}{2},$$

et elle est maximum pour

$$\sqrt{c^2+a^2}+a-c=(2n+1)\frac{\lambda}{2}.$$

2° L'intensité est proportionnelle au carré de la longueur d'onde et en raison inverse du carré de la distance de la source lumineuse au point considéré de l'éther. La seconde valeur de I, conduit aux mêmes conclusions physiques.

Dans le cas de l'onde entière, on trouve pour l'anomalie,

$$(\gamma)\quad tg\,\varphi=tg\,\pi\frac{\sqrt{c^2+a^2}+c-a}{\lambda};$$

formule qui, dans l'hypothèse de c infiniment grand par rapport à a, devient

$$tg\,\varphi=tg\,\frac{2\pi c}{\lambda}.$$

Si l'on fait $c=\frac{(2K+1)\lambda}{4}$, dans cette expression, ou bien,

$\varphi=\frac{\pi}{2}+K\pi$, on trouve le résultat obtenu par Fresnel.

L'équation (γ) montre que l'anomalie φ est égale à $2n\frac{\pi}{2}$ quand on a

$$\sqrt{c^2+a^2}+c-a=2n\frac{\lambda}{2},$$

et, à
$$(2n+1)\frac{\lambda}{2},$$

lorsque
$$\sqrt{c^2+a^2}+c-a=(2n+1)\frac{\lambda}{2}$$

On a donc ce théorème bien connu :

Lorsque la phase croît de la quantité λ, *l'anomalie augmente de la quantité* π

5. Dans la valeur (β) de l'intensité, qui répond au sens des intégrales de Fresnel, sous la condition que nous avons indiquée, la quantité c est variable selon les idées de l'éminent physicien, et elle varie avec la direction du rayon LB. Nous allons chercher le lieu des points de l'espace pour des directions qui s'écartent peu de LB supposé fixe, et pour lesquels l'intensité soit maximum ou minimum.

Deux franges brillantes distinctes sont données par deux équations de la forme :

$$\sqrt{a^2+c'^2}+a-c'=(2p+1)\frac{\lambda}{2},$$

$$\sqrt{a^2+c^2}+a-c=(2q+1)\frac{\lambda}{2}.$$

Analytiquement, ces deux équations peuvent être remplacées par les suivantes qui leur sont équivalentes :

$$\sqrt{a^2+c'^2}+\sqrt{a^2+c^2}=m\lambda+(c'+c)-2a,$$
$$\sqrt{a^2+c'^2}-\sqrt{a^2+c^2}=n\lambda+(c'-c),$$

en posant $\quad p+q+1=m$ et $p-q=n.$

On voit que les deux entiers arbitraires m et n satisfont toujours à l'inégalité

$$m>n.$$

En multipliant ces deux équations membre à membre, afin de les rendre rationnelles, puis posant

$$c=x, \quad c'^2=x^2+y^2+z^2,$$

et

$$\frac{2a-(m-n)\lambda}{2a-(m+n)\lambda}=h, \quad \frac{n\lambda(m\lambda-2a)}{2a-(m+n)\lambda}=l,$$

on obtient

$$\sqrt{x^2+y^2+z^2}=hx+l.$$

Le coefficient de x dans le second membre de cette équation, étant supérieur à l'unité, on voit que le lieu des franges brillantes dans l'espace est un hyperboloïde à deux nappes de révolution autour de l'axe de x. La courbe méridienne a pour équation

$$\sqrt{x^2+y^2}=hx+l.$$

C'est une hyperbole ayant un foyer à l'origine, c'est-à-dire au point lumineux, l'abcisse de l'autre foyer étant

$$a=\frac{2hl}{1-h^2}=(m-n)\,\frac{\lambda}{2}\,-a=(2q+1)\,\frac{\lambda}{2}\,-a.$$

L'équation de la directrice correspondante au foyer qui coïdcide avec l'origine, peut s'écrire

$$\frac{1}{x}=\frac{1}{n\lambda}+\frac{1}{2a-m\lambda}.$$

On voit ainsi que le double de la distance du foyer, qui est à l'origine, au pied de la directrice correspondante, est une moyenne harmonique entre les deux longueurs $n\lambda$ et $2a-m\lambda$.

L'hyperbole précédente a été obtenue par Fresnel et par M. Quet, dans les divers exemples particuliers qu'ils ont considérés.

Le lieu des franges obscures dans l'espace, se conclut de la même manière des deux équations

$$\sqrt{a^2+c'^2}+a-c'=2p\,\frac{\lambda}{2}\,,$$

$$\sqrt{a^2+c^2}+a-c=2q\,\frac{\lambda}{2}\,,$$

qu'on peut remplacer par les suivantes :

$$\sqrt{a^2+c'^2}+\sqrt{a^2+c^2}=S\lambda+(c'+c)-2a,$$
$$\sqrt{a^2+c'^2}-\sqrt{a^2+c^2}=n\lambda+c'-c,$$

où l'on a posé

$$S=p+q \text{ et } n=p-q.$$

On voit donc que les deux entiers S et n sont tels que l'on a nécessairement

$$S>n,$$

et que pour avoir le lieu des franges obscures dans l'espace, il suffit de remplacer dans l'équation des hyperboloïdes lieux des franges brillantes m par $S=m-1$. A part ce détail, les résultats obtenus pour le lieu des franges brillantes se reproduisent identiquement les mêmes. On peut observer que ces deux familles de surfaces, qui sont une manifestation géométrique du fait de la périodicité de solution qui caractérise en général les questions de Physique mathématique, dépendent chacune de deux entiers distincts, dont l'un leur est commun, du paramètre géométrique a, et de la longueur d'onde λ de la lumière employée.

CAS D'UNE OUVERTURE CIRCULAIRE

6. Si dans le cas d'une ouverture circulaire on désigne par θ_1 l'angle sous lequel on voit, de la source L, le rayon de l'ouverture, l'intégration du second membre de l'équation (α) entre les limites 0 et 2π, par rapport à ψ, et 0 et θ_1 par rapport à θ, donne

$$I = \frac{4\lambda^2}{c^2} \sin^2 \pi \frac{\sqrt{a^2 + c^2 - 2ac \cos \theta_1} + a - c}{\lambda}.$$

Cette valeur de l'intensité a la même forme que celle de l'onde entière, et elle conduit à des conséquences physiques analogues. Ce résultat est d'ailleurs tout à fait semblable à celui obtenu par Fresnel dans le même cas.

Pour l'anomalie, on trouve

$$\lg \varphi = \lg \pi \frac{\sqrt{a^2 + c^2 - 2ac \cos \theta_1} + c - a}{\lambda}.$$

Les franges brillantes se trouvent sur la famille des hyperboloïdes de révolution dont l'équation est

$$\sqrt{x^2 + y^2 + z^2} = h_1 x + l_1.$$

Dans cette équation on a posé

$$\frac{4a \sin^2 \frac{\theta_1}{2} - (m-n)\lambda}{4a \sin^2 \frac{\theta_1}{2} - (m+n)\lambda} = h_1$$

$$\frac{n\lambda (m\lambda - 2a)}{4a \sin^2 \frac{\theta_1}{2} - (m+n)\lambda} = l_1.$$

et

Elle s'obtient identiquement de la même manière que celle relative au cas de l'onde entière.

Pour avoir le lieu des franges obscures, il suffit de remplacer, dans l'équation précédente, m par S.

Les sections faites sur ces deux familles de surfaces, par des plans perpendiculaires à l'axe des x, c'est-à-dire à la droite qui joint le point lumineux au centre de l'ouverture, sont des cercles concentriques. Les sections faites par des plans obliques seront par suite des ellipses concentriques.

CAS DES DEUX TROUS DE GRIMALDI

7. La connaissance des deux familles de surfaces précédentes va nous permettre de donner une génération géométrique extrêmement simple, des franges d'interférence qui apparaissent dans l'expérience des deux trous de Grimaldi. En effet, ces deux trous donnent naissance à quatre familles d'hyperboloïdes de révolution. Les points communs à deux surfaces individuelles de même espèce, c'est-à-dire à deux surfaces lieux des franges brillantes, par exemple, constitueront une frange d'interférence brillante, si les vitesses qui sont de même sens, sur chaque surface prise séparément, s'ajoutent, et une frange obscure, si les vitesses sont de sens contraire, sur les deux surfaces, en leurs points communs. Deux surfaces individuelles lieux des franges obscures, donneront nécessairement une frange d'interférence obscure. Car tous les points de l'éther, communs à ces deux surfaces, sont tels que les vitesses du mouvement vibratoire se détruisent.

Au point de vue géométrique, ces franges d'interférence seront donc, en général, dans l'espace, des courbes à double courbure résultant de l'intersection de quatre familles de surfaces du second ordre, et de révolution.

8. Nous allons chercher le degré des projections de ces courbes sur un tableau de projection. A cet effet, nous rapporterons les quatre familles de surfaces, à un système commun d'axes coordonnés rectangulaires. Il nous suffit de faire la transformation de coordonnées pour les deux familles lieux des franges brillantes. Les deux autres

familles s'en déduiront, comme nous le savons, par le changement de m en s.

Maintenant, L étant la source lumineuse, A et B les deux trous, et par conséquent LA, LB les axes de révolution des deux familles de surfaces du second ordre, sur lesquelles se trouvent les franges brillantes, nous prendrons pour nouvel axe commun des x la bissectrice LC de l'angle ALB.

En désignant par ω l'angle CLA, les formules de transformation sont, pour la surface A,

$$x = x' \cos \omega - y' \sin \omega,$$
$$y = x' \sin \omega + y' \cos \omega$$
$$z = z'.$$

et pour la surface B,

$$x = x' \cos \omega + y' \sin \omega$$
$$y = -x' \sin \omega + y' \cos \omega$$
$$z = z'.$$

En désignant par θ_1 l'angle sous lequel on voit du point L le rayon de l'ouverture, on obtient, en supprimant les accents, pour l'équation de la famille des surfaces A,

$$(A) \qquad \sqrt{x^2 + y^2 + z^2} = h \cos \omega . x + h \sin \omega . y + l.$$

En changeant θ_1 en θ_2, n en n' et m en m', on a de même, en affectant les coefficients h et l d'un accent, pour la famille des surfaces B,

$$(B) \qquad \sqrt{x^2 + y^2 + z^2} = h' \cos \omega . x + h' \sin \omega . y + l'.$$

L'élimination de x entre ces deux équations donne pour la projection de l'intersection sur les yz, et sur tout plan parallèle, une famille de courbes du quatrième ordre. Si les deux trous sont égaux entre eux, et que l'on suppose en même temps, $n=n'$, $m=m'$, l'élimination de x entre les deux équations (A) et (B) donne

$$y^2 \left[z^2 - y^2(h^2 \sin^2\omega - 1) - l^2 + \frac{l^2}{h^2 \cos^2\omega} \right] = 0$$

Cette équation représente deux droites coïncidentes situées dans le plan des xz, et une famille de coniques ayant pour asymptotes les deux droites

$$z = \pm y \sqrt{h^2 \sin^2\omega - 1}.$$

Les deux familles de surfaces lieux des franges obscures, conduiront à des conséquences absolument semblables, et nous n'insisterons pas.

Pour l'anomalie, on trouve

$$tg_\varphi = tg_\tau \frac{\sqrt{a^2 + c^2 - 2ac \cos \theta_1}. - a + c}{\lambda}.$$

CAS D'UN ÉCRAN CIRCULAIRE OPAQUE

9. Considérons le cas d'un écran circulaire opaque. En désignant par θ_1 l'angle sous lequel on voit, du point lumineux, le rayon de l'écran, on a, en intégrant l'expression (α) de l'intensité entre les limites 0 et 2π par rapport à ψ et entre θ_1 et $\frac{\pi}{2}$ par rapport à θ,

$$I = \frac{4\lambda^2}{c^2} \sin^2 \pi \frac{\sqrt{a^2 + c^2} - \sqrt{a^2 + c^2 - 2ac \cos \theta_1}}{\lambda}.$$

Les franges obscures sont données par la relation

$$\sqrt{a^2 + c^2} - \sqrt{a^2 + c^2 - 2ac \cos \theta_1} = 2n \frac{\lambda}{2},$$

dans laquelle θ_1 est une quantité constante et c une quantité variable. Les franges brillantes sont données par cette autre relation

$$\sqrt{a^2 + c^2} - \sqrt{a^2 + c^2 - 2ac \cos \theta_1} = (2n + 1) \frac{\lambda}{2}.$$

On pourrait obtenir, comme précédemment, la famille de surfaces du second ordre, lieux des franges obscures ou des franges brillantes, mais cette détermination n'offre plus d'intérêt, après ce qui précède.

CAS D'UN ÉCRAN INDÉFINI A BORD RECTILIGNE

10. Je passe au cas d'un écran indéfini dans un sens et à bord rectiligne. Nous désignerons par θ_1 l'angle sous lequel on voit de la source la distance du point éclairé que l'on considère à la projection du bord de l'écran sur le

tableau de projection des franges. L'intégration de la formule (α) doit être effectuée entre les limites 0 et π par rapport à ψ; puis par rapport à θ, d'abord entre 0 et $\frac{\pi}{2}$, ensuite entre 0 et θ_1, et l'on doit ajouter les deux résultats. On obtient ainsi pour la valeur de l'intensité,

$$I = \frac{\lambda^2}{c^2}\left(2\sin^2\pi\frac{\sqrt{a^2+c^2}+a-c}{\lambda}+2\sin^2\pi\frac{\sqrt{a^2+c^2-2ac\cos\theta_1}+a-c}{\lambda}\right.$$
$$\left.-\sin^2\pi\frac{\sqrt{a^2+c^2}-\sqrt{a^2+c^2-2ac\cos\theta_1}}{\lambda}\right).$$

Le dernier terme de la somme comprise entre parenthèses, peut s'écrire

$$(\delta)\ \sin^2\pi\frac{\sqrt{a^2+c^2}-\sqrt{a^2+c^2-2ac\cos\theta_1}}{\lambda}=\sin^2\left\{\frac{\pi}{2\lambda}\left[\frac{2a\cos\theta_1}{\sqrt{\frac{a^2}{c^2}+1}}+\right.\right.$$
$$+\frac{1}{4}\left(\frac{2a\cos\theta_1}{\sqrt{\frac{a^2}{c^2}+1}}\right)^2+\frac{1.3}{4.6}\left(\frac{2a\cos\theta_1}{\sqrt{\frac{a^2}{c^2}+1}}\right)^3+\ldots\ldots\ldots+$$
$$\left.\left.+\frac{1.3.5.7\ldots2n-3}{4.6.8.10\ldots2n}\left(\frac{2a\cos\theta_1}{\sqrt{\frac{a^2}{c^2}+1}}\right)^n+\ldots\ldots\ldots\ldots\right]\right\}$$

Comme c est supposé très grand par rapport à a et que, par conséquent, le radical reste toujours voisin de l'unité, on voit sous cette forme, que l'argument du sinus du premier membre va constamment en décroissant quand θ_1 croît de 0 à $\frac{\pi}{2}$· D'ailleurs, c croît indéfiniment en même temps. Si donc on supprime dans cet argument le plus grand multiple de $\frac{\pi}{2}$ qu'il contient actuellement, il ne pourra jamais atteindre la valeur $\frac{\pi}{2}$ quand θ_1 croîtra lui-même de 0 à $\frac{\pi}{2}$· Ce sinus n'offrira donc pas de maximum ni de minimum par suite de la variation de θ_1. Donc les franges brillantes seront données par les deux équations simultanées :

$$\sqrt{a^2+c^2}+a-c=(2n+1)\frac{\lambda}{2},$$

$$\sqrt{a^2+c^2-2ac\cos\theta_1}+a-c=(2m+1)\frac{\lambda}{2},$$

dans lesquelles on doit attribuer à n la suite naturelle dés nombres entiers supérieurs à m, pour chaque valeur donnée à ce dernier. Car, à l'inspection des premiers membres des égalités précédentes, on voit que l'on a nécessairement $m \leq n$, et que, pour $m=n$, on a $\theta_1=\dfrac{\pi}{2}$.

En posant $\alpha=\dfrac{2n+1}{2}, \beta=\dfrac{2m+1}{2}$, l'élimination de c entre ces deux équations conduit à la relation

$$\frac{2a\sin^2\dfrac{\theta_1}{2}-\beta\lambda}{a-\alpha\lambda}=\frac{\beta(\beta\lambda-2a)}{\alpha(\alpha\lambda-2a)}.$$

On en tire

ou

$$\left.\begin{aligned}
\sin^2\frac{\theta_1}{2}&=\frac{\beta\lambda}{2a}\left(1-\frac{\beta}{\alpha}\right)+\frac{\beta}{2\alpha}\left(2-\frac{2a-\beta\lambda}{2a-\beta\lambda}\right),\\
\cos\theta_1&=1-\frac{\beta\lambda}{a}\left(1-\frac{\beta}{\alpha}\right)-\frac{\beta}{\alpha}\left(2-\frac{2a-\alpha\lambda}{2a-\alpha\lambda}\right).
\end{aligned}\right\} \quad (\iota)$$

Ces deux égalités donnent les angles sous lesquels on voit de la source la distance des franges brillantes successives, a la projection du bord de l'écran sur le tableau de projection. Pour $m=n$, on voit qu'on a $\cos\theta_1=0$ et $\sin\dfrac{\theta_1}{2}=\dfrac{1}{\sqrt{2}}$, c'est-à-dire $\theta_1=\dfrac{\pi}{2}$. Pour m égal à un nombre entier déterminé et $n=\infty$ on a $\cos\theta_1=1-\dfrac{(2\nu+1)\lambda}{2a}$ et

$$\sin\frac{\theta_1}{2}=\sqrt{\frac{(2\nu+1)\lambda}{2a}}.$$

Les franges obscures seront données par les deux équations simultanées :

$$\sqrt{a^2+c^2}+a-c=2n\frac{\lambda}{2},$$

$$\sqrt{a^2+c^2-2ac\cos\theta_1}+a-c=2m\frac{\lambda}{2},$$

dans lesquelles m et n ne peuvent pas recevoir la valeur zéro. L'élimination de c entre ces deux équations conduit aux deux égalités (ε) dans lesquelles on doit remplacer α par n et β par m. Alors ces équations (ε) donnent les angles sous lesquels on voit de la source, la distance des franges obscures successives à la projection du bord de l'écran sur le tableau de projection.

Toutes ces franges seront, dans ce cas, des droites parallèles au bord de l'écran. On voit encore ici que la détermination des franges brillantes, comme celle des franges obscures, dépend de la variation de deux nombres entiers dont l'un doit toujours être supérieur à l'autre. Il y a évidemment à obtenir ici par l'expérience, une ou plusieurs lois d'association des deux entiers m et n, et à apprécier les nuances des résultats observés. C'est, du reste, le seul point dans toute cette exposition, qui réclame de nouvelles expériences.

11. Désignons, de même, par θ_1 l'angle sous lequel on voit, de la source lumineuse, la distance d'un point situé derrière l'écran, à la projection de son bord sur le tableau où l'on observe les franges. L'intégration de la formule (α) entre les limites 0 et π par rapport à ψ et entre $\frac{\pi}{2}$ et θ_1, par rapport à θ donne, dans ce second cas,

$$I = \frac{\lambda^2}{c^2}\sin^2\pi \frac{\sqrt{a^2+c^2}-\sqrt{a^2+c^2-2ac\cos\theta_1}}{\lambda}$$

Daprès la relation (δ), le sinus du second membre de cette équation n'offre ni maximum ni minimum quand θ_1 varie entre 0 et $\frac{\pi}{2}$; donc, à cause du facteur $\frac{\lambda^2}{c^2}$, l'intensité ira constamment en décroissant sans alternative de croissance, par suite de la même variation de θ_1.

Cette proposition a été reconnue par Fresnel sur les valeurs numériques de ses intégrales. Elle a été démontrée ensuite analytiquement par M. Quet (*Annales de physique et de chimie*, t. XLVI), au moyen des développements en série des intégrales de Fresnel donnés successivement par Knochenhauer et par Cauchy. M. Gilbert, de Louvain, en a donné une seconde démonstration qui découle très simplement d'une étude faite par lui, des mêmes intégrales de Fresnel. Enfin, M. Boussinesq l'a encore démontrée à l'égard de la diffraction des ondes liquides périodiques, produite dans des conditions analogues. *(Recueil des savants étrangers*, t. XX, p. 562.)

La valeur de l'anomalie s'obtient dans tous ces cas sans aucune difficulté, nous n'insisterons donc pas sur ce détail.

CAS D'UNE FENTE ÉTROITE

12. L'explication des franges de diffraction, dans le cas d'une fente, découle sans qu'il soit besoin de recourir à de nouveaux calculs de celle que nous avons donnée dans le cas d'une ouverture circulaire. En effet, on peut imaginer la fente comme engendrée par le mouvement rectiligne continu d'une ouverture circulaire; alors les franges sont des lignes droites parallèles au bord de la fente. Ce sont les enveloppes de la famille des hyperboloïdes qui se meut parallèlement à cette même fente, ou bien, si l'on veut, ce sont les intersections de cylindres hyperboliques par un plan parallèle aux génératrices rectilignes de ces cylindres.

CAS DE DEUX FENTES ÉTROITES TRÈS VOISINES

13. Le cas de deux fentes étroites parallèles et très voisines l'une de l'autre constitue également une variante de l'expérience des deux trous de Grimaldi. Les franges d'interférence situées entre les deux fentes sont des lignes droites enveloppes des franges d'interférence relatives au cas des deux trous, ou bien, ce sont les génératrices rectilignes communes à deux familles de cylindres hyperboliques, ces génératrices étant parallèles aux fentes.

Tous les cas de diffraction, considérés par Schwerd et d'autres physiciens ou géomètres, s'expliquent, comme on sait, sans exception, au moyen des intégrales de Fresnel. On voit que, par notre méthode d'exposition, on pourra toujours obtenir ces intégrales sous forme finie. De plus, ces intégrales représenteront les faits, sous les conditions que nous avons indiquées dans tous les cas imaginables de diffraction. L'explication de certains de ces cas se déduira encore souvent avec une extrême facilité, d'autres cas déjà connus, par de simples considérations géométriques. Nous n'insisterons donc pas davantage sur cette question de la diffraction complètement résolue.

La méthode d'exposition que nous avons adoptée, et qui nous paraît plus simple que celles présentées jusqu'ici, lesquelles ne sont, au fond, autres que celle de Fresnel, nous a permis d'effectuer les intégrations sous forme finie d'une manière générale. Cependant, dans les cas d'une ouverture circulaire et d'un écran circulaire opaque, on sait que l'intégration sous forme finie avait été effectuée par Poisson, lors de la publication des Mémoires de Fresnel, précisément par cette méthode que nous avons appliquée à tous les cas sous une forme toutefois un peu différente. Dans cette question, on peut voir encore une fois l'heureuse influence du choix des variables dans les questions de calcul intégral.

FORMULES DE L'INTENSITÉ ET DE L'ANOMALIE DANS LE CAS OU L'ON TIENT COMPTE DE L'OBLIQUITÉ DES ONDES SECONDAIRES DANS L'APPLICATION DU PRINCIPE D'HUYGHENS.

14. Si, dans la mise en équation du problème général de la diffraction, on tient compte de l'obliquité des ondes secondaires dans l'application du principe d'Huyghens, on arrive immédiatement à l'expression suivante :

$$V = \int\int \frac{(c - a\cos\theta)\, a\sin\theta\, d\theta\, d\psi}{a^2 + c^2 - 2ac\cos\theta}\cos 2\pi \frac{\sqrt{a^2 + c^2 - 2ac\cos\theta}}{\lambda}\sin 2\pi \frac{t}{T}$$

$$+ \int\int \frac{(c - a\cos\theta)\, a\sin\theta\, d\theta\, d\psi}{a^2 + c^2 - 2ac\cos\theta}\sin 2\pi \frac{\sqrt{a^2 + c^2 - 2ac\cos\theta}}{\lambda}\sin 2\pi \left(\frac{t}{T} - \frac{1}{4}\right)$$

En posant $\dfrac{a}{c} = \alpha$ et $\dfrac{2\pi c}{\lambda} = K$, la valeur de l'intensité s'écrit

$$I = \left[\int d\omega \int \frac{(1 - \alpha \cos\theta)\alpha \sin\theta\, d\theta}{1 - 2\alpha \cos\theta + \alpha^2} \cos K (1 - 2\alpha \cos\theta + \alpha^2)^{\frac{1}{2}} \right]^2$$

$$+ \left[\int d \int \frac{(1 - \alpha \cos\theta)\alpha \sin\theta\, d\theta}{1 - 2\alpha \cos\theta + \alpha^2} \sin K (1 - 2\alpha \cos\theta + \alpha^2)^{\frac{1}{2}} \right]^2.$$

La valeur de l'anomalie s'obtient en divisant la seconde de ces deux dernières intégrales par la première. Ces valeurs de l'intensité et de l'anomalie ne paraissent pas intégrales sous forme finie, à cause du facteur relatif à la latitude. En utilisant l'étude faite par Legendre du développement de la puissance $(1 - 2\alpha \cos\theta + \alpha^2)^n$ suivant les cosinus des multiples de la latitude θ (*Traité des fonctions elliptiques*, t. II, p. 531), on peut obtenir ceux des deux termes de la valeur de I, ordonnés de la même manière.

Les calculs que ces développements exigent sont longs plutôt que difficiles ; mais, d'après les résultats que nous avons obtenus, et qui sont équivalents à ceux trouvés par Fresnel, lesquels sont toujours vérifiés par l'observation, et surtout d'après le théorème contenu dans le n° 4, cette étude n'offre pas un grand intérêt pour la question actuelle. C'est pourquoi nous nous dispenserons de la poursuivre. Cependant, les développements des sinus et cosinus que renferme la valeur de l'intensité, laquelle exprime l'*état vibrant stationnaire, ou indépendant du temps, de l'éther*, donnent des expressions de la forme $(1 - 2\alpha x + \alpha^2)^\mu$, où μ est égal à un nombre entier positif quelconque ou à la moitié d'un nombre impair également positif. De plus, ces puissances prennent leur origine dans une question dont le caractère essentiel est la *périodicité de solution ;* elles sont, en quelque sorte, une manifestation analytique de ce fait. Pour ces deux raisons, il est intéressant, au point de vue de l'analyse, de les décomposer encore davantage et d'étudier les propriétés des polynômes en x qui naissent des développements de ces mêmes expressions. C'est ce que nous avons fait dans un Mémoire inséré dans le *Journal de Mathématiques pures et appliquées* (3° série, t. V, p. 47).

LA FLÈCHE. — IMPRIMERIE BESNIER-JOURDAIN.